DRESSLER

HILFE, ICH HAB MEINE FREUNDE GESCHRUMPFT

Nach dem Originaldrehbuch
von Gerrit Hermans

Erzählt von Sabine Ludwig

Dressler Verlag · Hamburg

MIX
Papier aus verantwortungsvollen Quellen
FSC
www.fsc.org
FSC® C002795

Originalausgabe
1. Auflage
© 2020 Dressler Verlag GmbH,
Max-Brauer-Allee 34, 22765 Hamburg
blue eyes Fiction GmbH & Co. KG, Karibufilm GmbH,
DCM Film Distribution GmbH
Drehbuch: Gerrit Hermans
© 2020 Sabine Ludwig
Umschlaggestaltung: Frauke Schneider
unter Verwendung des Filmartworks
© 2020 DCM. All Rights Reserved.
Filmfotos © 2020 DCM Film Distribution GmbH |
blue eyes | Martin V. Menke
Satz: Arnold & Domnick, Leipzig
Druck und Bindung: Livonia Print SIA,
Ventspils iela 50, LV-1002, Riga, Lettland
Printed 2020
ISBN 978-3-7513-0015-5
www.sabine-ludwig-berlin.de
www.dressler-verlag.de

Gibt es etwas Aufregenderes,
als im Kino zu sitzen? Popcorntüten rascheln, Stimmengemurmel ertönt und zwischendurch ein »Pscht!«, und alle sind gespannt darauf, was sich wohl gleich auf der Leinwand abspielen wird. Da, der Vorhang öffnet sich. Wir sinken tiefer in den Sitz, es geht los!

HILFE, ICH HAB MEINE FREUNDE GESCHRUMPFT

Und auch für uns sind die Figuren, die da jetzt auftauchen, längst Freunde und Bekannte geworden: Felix und Ella, Chris und Robert und Mario, genannt »die Gang«, nicht zu vergessen Frau Schmitt-Gössenwein, sogar die böse Hulda Stechbarth kennen wir nur zu gut.

An diesem herrlichen Sommertag liegt gute Laune in der Luft. Die Schülerinnen und Schüler des Otto-Leonhard-Gymnasiums, von allen liebevoll »das Otto« genannt, strömen durch das große Tor auf den Schulhof. Da übertönt plötzlich ein unschönes Rumpeln das fröhliche Stimmengewirr, ein altmodischer Rollstuhl bahnt sich klappernd und quietschend seinen Weg durch die Menge.

Der Himmel verdunkelt sich, Wind kommt auf. Hausmeister Michalski, der gerade noch versonnen den Hof gefegt hat, hält erschrocken inne – alles blickt auf die geisterhafte Gestalt, die da gekrümmt im Rollstuhl hockt und über den Hof ruckelt.

»Ist das nicht …?«

»Ja, das ist sie!«

»Die alte Stechbarth!«

Niemand hat damit gerechnet, Hulda Stechbarth jemals wiederzusehen. Ihr Versuch, den Geist des Schulgründers Otto Leonhard zu vernichten, endete in einem Kampf auf Leben und Tod. Hulda hatte verloren, und statt die Kinder am Otto weiter mit ihren Lehrmethoden von anno pief zu quälen, wurde sie an eine Brennpunktschule versetzt.

Auch Frau Schmitt-Gössenwein ahnt an diesem Tag nichts Böses, sie sitzt in ihrem Direktorenzimmer, als der Wind ein Fenster aufschlägt. Sie steht auf, um es zu schließen, da lässt ein Räuspern sie herumfahren.

»Ihre alte Freundin Hulda Stechbarth ist hier«, krächzt eine nur zu bekannte Stimme.

Wenn das überhaupt möglich ist, dann sieht Hulda noch geisterhafter aus als bei ihrer letzten Begegnung. Ihre morschen Knochen knacken und knarzen so laut, als könnten sie jeden Moment zerbröseln.

Nun, als »Freundin« würde Schmitti Hulda Stechbarth ganz sicher nicht bezeichnen, doch höflich sagt sie: »Äh, schön … Guten Tag, Frau Kollegin. Wie … wie läuft es an Ihrer neuen Schule?«

Hulda wedelt mit ihren knochigen Fingern und wackelt mit dem Kopf: »So eine Strafversetzung ist gar nicht so schlecht, wenn man weiß, wie man mit schwierigen Kindern umzugehen hat.«

Das Porträt von Otto Leonhard über dem Schreibtisch der Direktorin verzieht ungläubig das Gesicht. Hulda Stechbarth wusste noch nie, wie man mit Kindern umzugehen hat, und mit schwierigen schon gleich gar nicht.

In dem Moment eilt Hausmeister Michalski ins Zimmer. Mit einem Heben der Augenbraue bedeutet er seiner Chefin, dass er Hulda nicht aufhalten konnte. Frau Schmitt-Gössenwein hält besänftigend die Hände hoch. Was kann die Alte ihr schon tun?

»Wie Sie wissen, verschlimmert sich der Zustand meines Körpers fortwährend«, spricht Hulda gestelzt weiter. »Gestatten Sie mir daher, in den *Magischen Aufzeichnungen* Otto Leonhards eine Lösung zu finden?«

Mit dieser Bitte gerät Hulda jedoch an die Falsche.

»Sie haben schon einmal versucht, Otto Leonhard zu vertreiben und diese Schule zu übernehmen!«, sagt die Direktorin entschieden.

Wieder wedelt Hulda mit ihren Knochenfingern. »Nein, nein! Ich bin sehr zufrieden an meiner neuen Wirkstätte.«

Sie ruckelt mit ihrem Rollstuhl immer näher an Schmitti heran, die weicht hinter ihren Schreibtisch zurück.

»Schauen Sie mich doch an! Ich muss diesen Zerfall aufhalten«, jammert Hulda Mitleid heischend.

»Sie ... Sie sind nun mal außergewöhnlich alt«, sagt Frau Schmitt-Gössenwein und versucht, den Ekel angesichts der skelettartigen Lehrerin nicht zu zeigen. Nein, Hulda riecht ganz und gar nicht gut. Schon halb verwest.

Hulda Stechbarth presst ein paar Tränen hervor. Gesenkten Kopfes rollt sie vom Schreibtisch weg und ringt die Hände. »Ich flehe Sie an!«, schluchzt sie und versucht dabei, so harmlos wie möglich auszusehen.

Frau Schmitt-Gössenwein zeigt auf das Bild von Otto Leonhard. »Die Magie unseres Schulgründers dient ausschließlich dem Schutz seines Werks.«

Der gemalte Otto Leonhard lächelt selbstzufrieden. So als wollte er sagen: »Da siehste mal, du alte Schachtel!«

Doch Hulda lässt nicht locker, sie macht ein spitzes Mündchen, winkt Schmitti mit dem Finger, näher zu kommen. Ganz lieb will sie »Bitte« hauchen, stattdessen schießt das »BITTE!« als feuchter Rülpser aus ihr heraus.

Angewidert weicht Schmitti zurück.

»Nein!«, schmettert sie Hulda Stechbarth entgegen.

Die lässt nun ihre freundliche Maske fallen. »Sie kaltherziges Biest!«, kreischt sie. »Ich kündige Ihnen meine Freundschaft.« Dabei rollt sie bedrohlich nah auf Schmitti zu.

Doch ehe sie der Direktorin noch mehr auf den Leib rücken kann, ergreift Michalski mit einem entschiedenen »So!« den Rollstuhl und schiebt die zeternde Hulda aus dem Zimmer. Ein wenig zaghaft winkt ihr Schmitti zum Abschied hinterher. Ein klitzekleines bisschen Mitleid hat sie ja doch mit ihrer Vorgängerin.

»Lassen Sie mich sofort los, Sie armseliger Hausdiener!«, schimpft Hulda, als Michalski sie nach draußen befördert.

»Nur weil Sie im Rollstuhl sitzen, haben Sie noch lange nicht das Recht, so mit mir zu reden«, sagt Michalski.

»Doch, das Recht habe ich, Sie Tölpel!«

Jetzt reicht's!

Der Hausmeister lässt den Rollstuhl mit Hulda darin einfach auf dem Treppenabsatz stehen.

Die blickt empört auf die Treppe mit den Steinstufen. »Wie soll ich hier denn runterkommen?«

Tja, da ist guter Rat teuer und keiner da, der Hulda helfen könnte oder wollte.

Sie tobt vor Wut und wackelt und ruckelt dabei so sehr, dass sich der Rollstuhl plötzlich in Bewegung setzt. Als Hulda es bemerkt, ist es zu spät. Sie und der Rollstuhl – allerdings getrennt voneinander – stürzen die Treppe hinunter.

Unten angekommen, muss Hulda feststellen, dass ihr Gesicht nach hinten zeigt statt nach vorn. Sie nimmt den Kopf in beide Hände und rückt ihn mit einem grauenvollen Knirschen zurecht. Ein Fünftklässler, der gerade vorbeikommt und das Schauspiel mit ansehen muss, bekommt den Schock seines Lebens.

»Buh!«, macht Hulda nur.

Schnell nimmt der Junge Reißaus.

Von all dem, was da gerade am Otto-Leonhard-Gymnasium geschieht, ahnt unser Held Felix rein gar nichts. Wie auch? Er schläft. Oder besser gesagt, er verschläft mal wieder.

Sein Vater schläft auch.

Er liegt mit dem Kopf auf einer Konstruktionszeichnung. Und die liegt auf dem Küchentisch inmitten von Bauplänen, Stiften, altem Popcorn und dreckigem Geschirr. Peter Vorndran ist Architekt und sein Zeitmanagement lässt zu wünschen übrig, darin sind sich Vater und Sohn sehr ähnlich.

Als es an der Haustür klingelt, schreckt Peter hoch.

Zerstrubbelt und mit dem Abdruck der Zeichnung auf der rechten Wange öffnet er. Ella, das Skateboard unterm Arm, steht vor der Tür.

»Ah, hallo, Ella«, murmelt er verschlafen.

Beim Anblick von Felix' Papa kann sich Ella ein Grinsen kaum verkneifen. »Guten Morgen. Ist Ihre Frau auf Dienstreise?«

Peter blinzelt verwirrt und kratzt sich den Kopf. »Äh ... ja ... Woher weißt du das?«

»Ach, nur so 'n Gefühl«, sagt Ella ausweichend. »Felix hat verschlafen.«

»Felix kann so froh sein, eine Freundin wie dich zu haben. Komm rein.«

Felix wurde von der Türglocke ebenfalls aus dem Schlaf gerissen. Die Socken hat er inzwischen an, nun kämpft er gerade mit der Jeans, als Ella mit einem munteren »Guten Morgen! Aufstehen!« in sein Zimmer tritt. Als sie Felix nur mit Boxershorts bekleidet sieht, wendet sie peinlich berührt das Gesicht ab.

»Oh, du bist ja fast nackt ...« Sie dreht sich um. »Ich warte unten.«

Felix hüpft auf einem Bein durch sein Zimmer. »Nee. Alles gut. Komm ruhig rein.« Endlich hat er es geschafft, die Hose anzuziehen.

»Ich ... ich wollte dir schon lange was sagen«, beginnt Ella zögerlich. Felix sieht sie fragend an, Ella macht den Mund auf, doch Felix dreht sich um und zieht seine Jacke an. »Mist. Meine Schulsachen muss ich auch noch packen.«

Ella fasst sich ein Herz. »Wenn wir uns jetzt erst kennenlernen würden, dann … dann wär's doch irgendwie anders, oder?«

»Wieso?«, fragt Felix zerstreut, während er seine Bücher einsammelt und in den Rucksack stopft. Er springt auf und rempelt Ella dabei an. »Sorry. Bin gleich wieder da.« Er stürzt in das angrenzende Bad.

»Na, weil sich zwischen Jungs und Mädchen ja irgendwann was ändert …«, spricht Ella weiter.

Man sieht ihr an, dass es ihr nicht leicht fällt, ihr Herz zu öffnen.

Felix steht vor dem Spiegel und verreibt mit den Fingern Zahnpasta auf seinen Zähnen, mit der anderen Hand fährt er sich durch die Haare.

Was man als Junge eben unter Morgentoilette versteht.

»Aber is' ja nich' so, als ob wir jemals ein Paar sein würden. Das wär ja voll bescheuert«, nuschelt er, den Mund voll Zahncreme.

Ella ist klar, dass sie mit Felix nicht über ihre Gefühle sprechen kann, und sie verschwindet ohne ein weiteres Wort wieder nach draußen.

»Ella?«, ruft Felix erstaunt, als er zurück in sein leeres Zimmer kommt. Er hat rein gar nichts kapiert.

In einem Affentempo saust Felix auf seinem Skateboard auf das Otto zu, bremst ab, klemmt sich das Board unter den Arm, reißt die Tür auf und springt die Stufen hoch. Er rennt den Gang entlang, um die Ecke und – stößt mit einem Mädchen zusammen. Einem sehr, sehr hübschen Mädchen.

»Sorry«, entschuldigt sich Felix.

Das Mädchen scheint über den Zusammenstoß eher erfreut zu sein. Sie lacht Felix an. »Ich glaub, ich hab mich verlaufen, ich Dummie.«

»Kein Problem. Wo musst du denn hin?«, fragt Felix.

Das Mädchen hantiert ungeschickt mit ein paar Formularen. »Warte …«

Felix wird nervös, er will nicht noch mehr zu spät kommen, aber unhöflich sein, das möchte er auch nicht.

»Du gehst nicht zufällig auch in die 8c?«

»Äh … doch«, sagt Felix erstaunt.

»Echt jetzt?«, jubelt das Mädchen. »Das ist ja krass. Da treffe ich am ersten Tag an meiner neuen Schule gleich dich. Einen aus meiner Klasse, meine ich.«

»Wir können zusammen rübergehen, wenn du willst«, bietet ihr Felix an.

»Ja, ja, das will ich!«, ruft das Mädchen begeistert. Und geht mit Felix die Treppe hoch. »Ist die Klasse nett? Ach, ich bin ja so aufgeregt, Felix!«

Felix stutzt. »Woher kennst du meinen Namen?«

»Steht auf deinem Rucksack.«

In der Klasse steht Frau Schmitt-Gössenwein an der Tafel, auf die ein Labyrinth projiziert ist. »Wie viele Wege kann der kleine Pharao nehmen, um zu seiner Nofretete zu gelangen?« Sie richtet den Zeigestock auf das Bild der Nofretete. »Rechnet bitte zusätzlich aus, welches der kürzeste Weg ist.«

Es klopft an der Tür. Felix und das fremde Mädchen kommen in die Klasse.

»Ach, Felix«, sagt Schmitti etwas spitz.

»Guten Morgen. Entschuldigung, ich … ich hab verschlafen«, stottert er.

»Dass mir das nicht zur Gewohnheit wird.« Schmitti schüttelt den Kopf. Dann begrüßt sie das Mädchen. »Du bist sicher Melanie Heide.«

»Ja, ich hab mich verlaufen«, sagt Melanie. »Felix hat mir den Weg gezeigt.«

Chris und Robert starren die neue Schülerin neugierig an. Felix setzt sich neben Ella, die nicht so recht weiß, was sie von der Neuen halten soll. Diese alberne Frisur mit den zwei kleinen Knödeln auf dem Kopf. Sehen aus wie Teufelshörnchen. Und dann das Kleidchen im Leoprint – mit Volants! So richtig Mädchen. Nein, das ist nichts für die sportliche Ella.

»Waren wir nicht zur Pause in meinem Büro verabredet?«, fragt Schmitti und zeigt auf die Schülerinnen und Schüler. »Ich hab nämlich jetzt gar keinen Platz für dich.«

»Ich komm schon klar«, sagt Melanie unbeeindruckt. Sie knallt ihre Sachen auf den Tisch von Felix und Ella und zieht sich einen Stuhl heran. »Rutschst du mal?«, sagt sie zu Ella und quetscht den Stuhl zwischen sie und Felix.

»Melanie ist nämlich gerade erst in unsere Stadt gezogen«, erklärt Schmitti. »Sie wollte unbedingt unseren Mitmachunterricht erleben.«

»Ich hab gehört, ihr habt hier voll die coole Schule … mit total netten Schülern«, sagt Melanie und strahlt Felix bewundernd an. Dem ist so viel Aufmerksamkeit fast ein wenig unangenehm.

Melanie zieht ihr Matheheft raus und beginnt zu rechnen, blickt jedoch immer wieder zu Felix.

Es klingelt. Schmitti steht auf. »So, die Ergebnisse legt ihr mir bitte bis morgen in mein Fach. Und Melanie? Wir treffen uns gleich in meinem Büro, und wenn du später noch Fragen hast, kannst du dich auch jederzeit an Felix wenden.«

»Ja klar«, sagt Felix. Ella macht ein Gesicht, als hätte sie gleich in zwei Zitronen gebissen.

Mit einem »Einen fröhlichen Tag noch!« verlässt Frau Schmitt-Gössenwein die Klasse.

Melanie packt ihre Sachen. »Bis dann«, sagt sie zu Felix und will ebenfalls gehen, dabei stößt sie mit Mario zusammen.

Er grinst sie herausfordernd an. »Hey! Und sonst so?«

Melanie legt den Kopf schief und zeigt ihm mit einem verächtlichen Blick den Stinkefinger.

»Wie ist die denn drauf?«, fragt Mario verblüfft.

Robert nickt. »Oder? Wie die Felix angeguckt hat. Voll sexuell.«

»Bist ja nur neidisch«, sagt Chris und lacht, wobei sein Lachen mehr ein Grunzen ist.

»Die hat doch voll den Knall«, sagt Ella und sieht ihren Freund prüfend an. »Oder, Felix?«

Der zuckt mit den Schultern. »Ich find sie ganz okay.«

Mario schüttelt entgeistert den Kopf. Wie kann man so verblendet sein?

In der nächsten Stunde unterrichtet der bei allen beliebte Lehrer Herr Coldegol. Er hat an den Tisch von Ella und Felix einen weiteren Tisch geschoben.

»Bitt' schön, hier ist dein Platz«, sagt er zu Melanie.

Felix sitzt nun zwischen den beiden Mädchen.

»My dear friends und Zwetschgenröster«, beginnt Herr Coldegol in seinem unnachahmlichen österreichischen Zungenschlag. »Jetzt, wo ihr flügge seid, um wie die Zugvögel das schulische Nest zu verlassen und mit mir gemeinsam auf große, große Klassenfahrt zu gehen, da muss ich euch leider sagen, mich verfolgt ein bissel das Pech in letzter Zeit, und die Unterkunft, die ich gebucht hab, ist voller Ungeziefer. Eine richtige Plage.«

Alle in der Klasse verziehen angewidert das Gesicht.

»Das heißt, wir brauchen Ideen für einen neuen Ausflugsort«, spricht Herr Coldegol weiter. »Und am besten sollte dieser Ort etwas mit Otto Leonhard zu tun haben.«

Ein paar melden sich. Auch Melanie.

»Ibiza«, schlägt Mario vor. Alle lachen.

»Wo ist der Konnex?«, fragt Herr Coldegol.

»Weil es Spaß macht, da zu lernen«, sagt Mario. Wieder lachen alle.

Coldegol findet es nicht komisch. »Ein kleiner Witzbold. Ich bitte um Vorschläge!«

»Otto Leonhard war in Afrika«, sagt Robert.

»Afrika! Ist freilich ein Katzensprung. Super Idee«, spottet Coldegol.

Endlich nimmt er Melanie dran. »Ja, bitte.« Der Lehrer erwartet den nächsten Blödsinn, doch Melanie sagt: »Wir könnten in meinen alten Heimatort fahren, Klein-Zauberwitz, da ist Otto Leonhard geboren. Ich könnte Ihnen die Telefonnummer von meiner alten Lehrerin geben. Und 'ne Jugendherberge gibt's da auch.«

Mario seufzt. »Bye-bye, Sonne, Strand und Meer.«

Melanie achtet nicht auf ihn. »Außerdem gibt's da 'nen echt krassen Baggersee mit Strand und Sprungturm.«

»Geil, Arschbombenalarm!«, ruft Robert.

Die Jungs lachen.

Herr Coldegol ist sehr erleichtert über den Vorschlag. »Frau Schmitt-Gössenwein wird begeistert sein!«

»Wieso kommt die ausgerechnet aus Otto Leonhards Geburtsort?«, flüstert Ella Felix zu. Diese Melanie wird ihr immer unsympathischer.

»Wieso denn nicht?«, erwidert Felix nur.

Es klingelt zum Schulschluss, alle packen ihre Sachen zusammen und strömen aus der Klasse. Melanie nimmt ihre Tasche und steht auf. Bevor sie die Klasse verlässt, dreht sie sich zu Felix um und strahlt ihn an. »Hast du heute Nachmittag schon was vor?«

»Nee«, setzt Felix etwas überrumpelt an, »heute Nachmittag, da ist …«

Ella steht auf und legt Felix besitzergreifend die Hand auf den Arm. »Heute Nachmittag hast du schon was vor.«

»Echt?«

»Ja, wir sind doch mit der Gang verabredet.«

Felix lächelt Melanie entschuldigend an. »Sorry, vielleicht ein anderes Mal.«

»Kein Problem.« Melanie wirft Ella einen bösen Blick zu und lässt im Vorbeigehen einen Füller mitgehen, der auf dem Tisch liegt.

Felix sucht seine Sachen zusammen und schaut in seine Federtasche. »Hast du meinen Füller gesehen?«, fragt er Ella.

»Nee, wieso?«

Felix zuckt nur mit den Achseln.

»Hey, ist alles klar bei dir?«, fragt Ella besorgt.

»Ja, alles klar, hundert Prozent«, behauptet Felix und verlässt die Klasse.

Ella sieht ihm nachdenklich hinterher, sie glaubt ihm kein Wort.

Felix geht den Gang entlang, als er plötzlich etwas hört.

»Felix! Felix!«, ertönt es dumpf hinter einer Tür.

Er bleibt stehen und blickt sich verwundert um. Die Stimme kennt er doch.

»Herr Leonhard? Sind Sie das?«

Knarrend geht eine Tür auf. »Selbstverständlich. Komm mal her. Ich brauche deine Hilfe.«

Es ist die Tür zum Museum des Schulgründers, die sich da wie von Geisterhand geöffnet hat. Ein wenig zögerlich betritt Felix den mit allerlei seltsamen Gerätschaften und Mitbringseln aus fernen Ländern vollgestopften Raum. Auf

einem Tisch steht die Bronzebüste Otto Leonhards. Sie ist es, die Felix gerufen hat.

»Wusstest du, dass ich vor fast 140 Jahren geboren wurde?«, fragt sie nun.

»Nein«, erwidert Felix.

»Jahaaa, und da, wo ich herkomme, wird das gefeiert. Meine Sammlung wird da ausgestellt und du wirst sie beschützen!«

Felix sieht ihn verständnislos an. »Aha, warum?«

»Gedegenheit macht Lebe.«

»Äh ... was?«

»Diebe natürlich. Gelegenheit macht Diebe. Aber im Bedarfsfall wirst du sie einfach schrumpfen.« Die Büste kichert.

»Ich?«, fragt Felix.

»Du lernst jetzt, wie man schimpft, äh ... schrumpft.«

»Sie wollen mir das Schrumpfen beibringen? Das ist ja der Hammer!« Felix ist begeistert. »Kann man das denn einfach so lernen?«

»Nicht einfach. Man muss es sich vorstellen können«, sagt Otto Leonhard.

»Okay, das heißt, ich muss mir vorstellen, wie etwas geschrumpft aussieht?«

»Und lass den Kreisel in Gedanken kugeln, äh ... umgekehrt.«

Felix schaut die magische Kugel an, die in der Bronzeschale liegt. Mit ihrer Hilfe wurde bereits Schmitti geschrumpft und beim letzten Mal auch Felix' Eltern. Dazu musste allerdings jedes Mal die magische Kugel in Bewegung gesetzt werden und das konnte bisher nur Otto Leonhard.

Angestrengt fixiert Felix einen ausgestopften Fuchs. Er stellt ihn sich kleiner vor, so klein wie ein Meerschweinchen, noch kleiner, so klein wie ein Hamster, wie eine Maus, wie ...

Die Kugel ruckelt in der Schale nur müde hin und her.

»Fester!«, ruft die Büste von Otto Leonhard. »Fester!«

Felix tritt der Schweiß auf die Stirn, er kneift die Augen zusammen ... Die Kugel beginnt tatsächlich zu kreiseln. Schneller und schneller.

»Wer sagt's denn? Ich natürlich«, stellt Otto Leonhard zufrieden fest.

Eine Flamme schießt aus der Schale, Funken sprühen, gefolgt von einem Blitz. Die Kugel saust kreuz und quer durch den Raum, als wäre sie ein Flummi. Wie eine Bowlingkugel prallt sie von den Museumsstücken ab, kracht in das Glas einer Standuhr, zertrümmert andere Ausstellungsstücke und trifft schließlich den ausgestopften Fuchs am Schwanz. Doch der schrumpft nicht etwa, sondern verwandelt sich in ein merkwürdiges Etwas mit riesigen Glotzaugen.

Wider Willen muss Felix lachen. »Ich glaub, ich kann das nicht.«

Otto Leonhard schmunzelt. »Na ja, es ist noch kein Meister angehimmelt worden. Versuch mal, die Ente da groß zu machen.«

Vor einem Spiegel steht ein ausgestopfter Erpel.

Felix hebt die Kugel auf und legt sie zurück in die Schale. »Okay.«

Wieder konzentriert er sich.

Und konzentriert sich.

Die Büste schaut ihm interessiert dabei zu.

Und ja, die Kugel beginnt zu rollen, die Flamme schießt empor und ...

Felix hat sich aus Versehen selbst verwandelt und stößt nun mit dem Kopf an die Zimmerdecke.

»Du solltest doch nicht *dich* anschauen im Spiegel!«, rügt ihn Otto Leonhard.

Am Abend dieses denkwürdigen Tages steht Felix neben seinem Vater vor dem Spiegel im Bad. Er sieht nicht sehr glücklich aus.

»Findest du nicht, dass meine Arme viel zu lang sind?«

Peter, die Zahnbürste im Mund, wirft kurz einen prüfenden Blick auf seinen Sohn.

»Hm, nee.«

Felix starrt weiter missmutig sein Spiegelbild an.

»Oder mein Kopf? Der passt doch überhaupt nicht zu den Schultern.«

Er lupft seine Pyjamahose und schüttelt erleichtert den Kopf.

Peter spuckt Zahnpastaschaum ins Becken und sagt bedeutungsvoll: »Ah!«

»Was ›ah‹?«

»Ist es so weit?«

»Wie weit?«, fragt Felix.

»Na, du hast dich verliebt, ihr seid euch nähergekommen, und jetzt fragst du dich, ob alles an dir … na ja … präsentabel ist.«

»Darum geht's doch gar nicht!«, wehrt Felix ab.

»Komm, mir kannst du's sagen. Ihr geht doch nächste Woche auf Klassenfahrt. Geht's um Ella?«

»Du spinnst, Papa. Das ist so ein … so 'n Otto-Leonhard-Ding.«

»Jaaa, natüüürlich«, spottet Peter und beißt in einen Hamburger. Wozu, bitte, hat er sich vorher die Zähne geputzt?

»Sag mal, hast du meine Flipflops gesehen?«, ruft er Felix hinterher, der aus dem Bad gegangen ist.

Ja, Felix hat die Flipflops seines Vaters gesehen und mit ihnen, nun ja, ein wenig experimentiert. Ergebnis: eine Sandale ist groß, eine klein.

»Klötzchenkacke«, murmelt Felix. Er legt die Kugel aus Otto Leonhards Museum in eine Salatschüssel und versucht, sich beide Flipflops gleich groß vorzustellen.

»Zisch!« Es blitzt.

Die Flipflops sind jetzt nur noch drei Nummern auseinander statt zehn. Felix hält sich die Sandalen vors Gesicht und kneift ein Auge zu, so sehen sie fast gleich groß aus.

»Na also, geht doch.«

Am späten Abend sitzen Frau Schmitt-Gössenwein und Herr Michalski wie so oft bei einer Tasse Salbeitee zusammen im Direktorenzimmer.

Und wie so oft schweigen sie.

Das Porträt von Otto Leonhard verdreht die Augen. Die beiden mögen sich, aber irgendwie kommen sie einfach nicht zusammen.

Schmitti ist einfach zu schüchtern und Herr Michalski hat viel zu viel Respekt vor seiner Chefin.

Der Hausmeister räuspert sich und steht auf. Er zeigt auf Kisten und einzelne Museumsstücke, die noch nicht eingepackt sind.

»Ähem, Sie fahren ja nun mit dieser ganzen Sammlung hier …«

Schmitti nickt. »Ja, Melanies Lehrerin hat darauf bestanden, diese Ausstellung zu organisieren.«

»… eine ganze Woche weg«, beendet Michalski fast vorwurfsvoll den Satz.

»Wohl ist mir dabei auch nicht. Ich bin schon als Kind nicht gern auf Klassenfahrt gegangen.«

»Ich … ich könnte ja mitkommen«, schlägt Michalski vor.

Frau Schmitt-Gössenweins Gesicht erhellt sich und Otto Leonhard scheint vom Bild herunter »Bingo!« zu rufen.

»Ja?«, fragt Schmitti hoffnungsvoll, bekommt aber gleich einen Dämpfer.

»Nur wäre dann das Schulgebäude mehr oder weniger ohne Aufsicht und das wäre ja …«

»Nicht gut?«, flüstert Schmitti enttäuscht.

»Nein?« Auch dies ist eher eine Frage als eine Antwort.

Nun ist Schmitti wieder ganz Direktorin. »Na gut, Otto Leonhard wäre ja auch noch da. Aber wenn Ihnen wohler ist, wenn Sie hierbleiben …«

»Was immer Ihnen lieber ist … im Sinne Ihrer Verantwortung«, unterbricht sie der Hausmeister.

»Aber es geht ja nicht nur um mich«, sagt Schmitti.

»Da haben Sie recht.« Mit einem Seufzen setzt sich Michalski wieder hin. »Die Schule geht vor, ich bleibe hier.«

Auch Schmitti seufzt.

»Ja, Sie wissen einfach immer, was zu tun ist.«

Schweigend nippen sie an ihrem Salbeitee.

Das Porträt von Otto Leonhard verdreht verzweifelt die Augen. Den beiden ist wirklich nicht zu helfen.

Am nächsten Morgen ist es endlich so weit. Klassenfahrt!

Etwas unbeholfen schlappt Peter mit seinen zwei ungleich großen Flipflops zum Wagen und öffnet den Kofferraum, um Felix' Rucksack darin zu verstauen.

»Weißt du eigentlich, wo ich Mama damals kennengelernt habe?«, fragt er seinen Sohn.

»Nee, hast du nie von erzählt.«

»Rate mal.«

»Keine Ahnung«, sagt Felix.

»Auf Klassenfahrt!« Peter zwinkert verschwörerisch. »Aber kein Druck.«

Kopfschüttelnd schließt Felix den Kofferraum. Sich auf der Klassenfahrt zu verknallen, ist wirklich das Letzte, wonach ihm der Sinn steht.

Vor dem Otto steht ein Reisebus. Frau Schmitt-Gössenwein und Herr Coldegol sind dabei, die Museumsstücke zu verladen.

Schmitti sieht aus, als würde es zum Mount Everest gehen und nicht in ein Kaff namens Klein-Zauberwitz. Pudelmütze, Schal, Funktionsjacke ...

»Felix!«, ruft sie erfreut und reicht seinem Vater die Hand: »Guten Morgen, Herr Vorndran, das ist schön, dass Sie mitgekommen sind. Vielleicht können Sie kurz mit anpacken, wir haben nämlich jede Menge zu verladen.«

»Na, ist doch Männersache, oder, Herr Coldegol?«

»Absolut!«

»Sie beneide ich ja wirklich sehr«, sagt Peter. »Eine Woche nichts als Spaß!«

»Ja, ich muss ehrlich sagen, ich kann's wirklich brauchen, momentan ist's zu Hause a bissel schwierig mit der Gattin und so ...«

Felix interessiert sich nicht für die Eheprobleme seines Lehrers. Er verstaut seinen Rucksack im Bus. Melanie steht daneben und lächelt ihn erwartungsvoll an. Doch Felix hebt nur grüßend die Hand und geht zu seiner Gang. Enttäuscht sieht sie ihm nach.

»Ey, Leute, Boombox dabei?«

»Check«, sagt Chris. »Musik?«

Robert hält sein Smartphone hoch. »Musik ohne Ende. Check. Horror-Night?«

Felix zeigt auf sein Smartphone. »Playlist. Check. Chips und Cola?«

Ella zieht eine XXL-Packung Chips aus ihrem Rucksack. »Genug für alle.«

»Leute, das wird fett!«, sagt Mario.

Peter wuchtet gemeinsam mit Herrn Coldegol den in Packpapier eingewickelten, riesigen Bären aus Otto Leonhards Museum. Auch die anderen Schülerinnen und Schüler packen mit an.

Nur Melanie steht da und tippt was in ihr Handy.

»Ey, Melanie«, sagt Mario, der gerade hereinkommt. »Wäre echt nett, wenn du auch helfen würdest.«

»Wenn du dich verziehst, wär's noch netter«, gibt sie pampig zurück.

Draußen sind alle weiterhin eifrig dabei, Ausstellungsstücke in den Bus zu laden, während Schmitti eine Liste abhakt.

»Die Einzige, die schön chillt, ist übrigens Melanie«, sagt Ella spitz.

»Ja? Wo ist sie denn?«, fragt Felix.

»Die steht im Museum und puzzelt mit Emojis«, sagt Chris und lacht grunzend.

Mario kommt mit einer Kiste. »Ich hab Melanie richtig Stress gemacht, die ist jetzt eingeschnappt.«

»Mario! Melanie ist neu bei uns«, sagt Schmitti vorwurfsvoll. »Kannst du bitte nach ihr schauen, Felix?«

In der Schule kämpfen Felix' Vater und Herr Coldegol auf dem Treppenabsatz mit dem ausgestopften Bären. Peter stöhnt. »Können wir den mal kurz absetzen?«

Mit schmerzverzerrtem Gesicht reibt er sich den Rücken.

»Sollen wir Herrn Michalski holen?«, schlägt Coldegol vor.

»Den alten Hausmeister? Ich bitte Sie!«

In diesem Moment kommt Felix die Treppe hoch.

Sofort richtet sich sein Vater auf und versucht, jung und fit auszusehen. »Felix! Na?«

Doch Felix kann er damit nicht täuschen. »Alles okay, Papa?«, fragt er besorgt.

»Klaro, geht schon weiter.« Peter hebt den Bären an. Dabei verliert er den zu großen Flipflop.

»Felix, kannst du mir mal ganz kurz helfen mit dem Flipflop?«

Peter hebt ein Bein, Felix versucht, ihm die Sandale überzustreifen, Peter verliert dabei das Gleichgewicht, der Bär rutscht ihm aus der Hand und stürzt mitsamt Herrn Coldegol die Treppe runter.

»Ahhh!«, brüllt Coldegol.

»Entschuldigung!«, ruft Peter.

Michalski eilt herbei. »Herr Coldegol, um Gottes willen!«

Er hebt den Bären hoch, als wäre der aus Pappmaschee. »Wie ist das denn passiert?« Er drückt den Bären Peter in die Hände. »Halten Sie mal.« Und zu Felix sagt er: »Oben sind noch zwei Kisten, holst du die bitte?«

Derweil purzelt der arme Herr Coldegol auch noch die letzten Stufen hinunter und landet mit einem unschönen Knacken am Fuß der Treppe.

Im Otto-Leonhard-Museum durchwühlt Melanie die Jacken, die die anderen aus ihrer Klasse dort abgelegt haben. Als Felix hereinkommt, steckt sie schnell ein Smartphone ein.

»Alles okay bei dir?«, fragt Felix.

»Ja«, sagt sie ein wenig atemlos.

Felix kommt näher und setzt sich neben sie.

»War was mit Mario?«

Melanie starrt auf den Boden. »Die hassen mich doch alle.«

»Weißt du, als ich hier neu war, da hat mir mein Vater einen super Tipp gegeben.«

Melanie schaut hoch.

»Man muss sich die Leute, die einen nerven, einfach nackt vorstellen«, spricht Felix weiter.

»Nackt?«, fragt Melanie erstaunt.

»Oder geschrumpft zum Beispiel. Dann verlieren sie ihre Macht über einen.«

Melanie denkt kurz nach. »Geht nicht.«

Felix steht auf. »Ich beweise es dir.«

Eins der Ausstellungsstücke, das noch nicht verpackt wurde, ist eine Kette aus großen blauen Steinen.

»Die stellen wir uns jetzt zusammen klein vor«, sagt Felix.

Er legt die Kugel in die Schale, zieht seine Jacke aus und hält sie davor. Nichts passiert.

»Oh!«, sagt die Büste von Otto Leonhard leise.

»Moment, es funktioniert nicht immer gleich.«

Doch dann ist das Rotieren der Kugel zu hören, Feuer zischt aus der Schale.

Felix nimmt die Jacke weg. »Es hat geklappt!«

Melanie greift nach der Kette, die nun die Größe eines Armbands hat. »Wie hast du das gemacht?«, fragt sie bewundernd.

Felix zuckt mit den Achseln. »Zauberei?«

Melanie schaut das Armband an, dann Felix. »Ist das für mich?«

»Ja«, sagt Felix ernst.

Er wirft Otto Leonhards Büste einen entschuldigenden Blick zu. Dieser wird nicht sehr freundlich erwidert.

»Ja«, wiederholt Felix ein wenig lauter.

»Wie süß von dir!«, flötet Melanie. Sie hält Felix den Arm hin und der legt ihr das Armband um. »Danke.«

Die beiden schauen sich an. Einen Tick zu lange.

»Ähm, ich glaube, wir sollten jetzt die letzten beiden Kisten runtertragen«, sagt Felix schließlich.

»Ja, klar.« Melanie nimmt die kleinste. »Trägst du die andere, Gentleman?«

Felix steckt die Kugel in die Hosentasche und schnappt sich die Kiste.

Wie von selbst öffnet sich die Tür und fällt im nächsten Moment fast wütend hinter Melanie ins Schloss.

Felix will ihr schon folgen, dreht sich dann aber noch einmal zur Büste von Otto Leonhard um. »Es tut mir leid«, sagt er etwas zerknirscht.

»Schrumpfen ist kein Spielerkind«, erwidert die Büste.

»Ich wollte doch nur Melanie trösten.«

»Denk an Hulda!«, mahnt Otto Leonhard. »Die Zeit hat sie dahingerafft. In zigfacher Verschwindigkeit.«

»Ab jetzt werde ich nur noch Ihre Sammlung verteidigen«, verspricht Felix.

»Ihr Scheusal liegt in deiner Hand. Ich kann dich nicht begleiten.«

Felix nickt und trägt die Kiste zur Tür, die sich wieder von allein öffnet.

»Und hol die Kette zurück!«, ruft ihm Otto Leonhard nach. »Du wirst sie brauchen.«

Auf dem Schulhof steht neben dem Reisebus ein Krankenwagen. Sanitäter sind dabei, den verletzten Herrn Coldegol hineinzuschieben.

Frau Schmitt-Gössenwein tröstet ihn. »Sie machen das ganz tapfer. Soll ich Ihre Frau anrufen?«

Coldegol hebt abwehrend die Hände. »Nein, nein! Auf keinen Fall!«

»Na dann, auf Wiedersehen.«

»Viel Spaß!«, ruft Herr Coldegol noch, da rutscht den Sanitätern die Trage aus den Händen. Der arme Coldegol stürzt zum zweiten Mal. Doch Schmitti hört seinen Schmerzens-

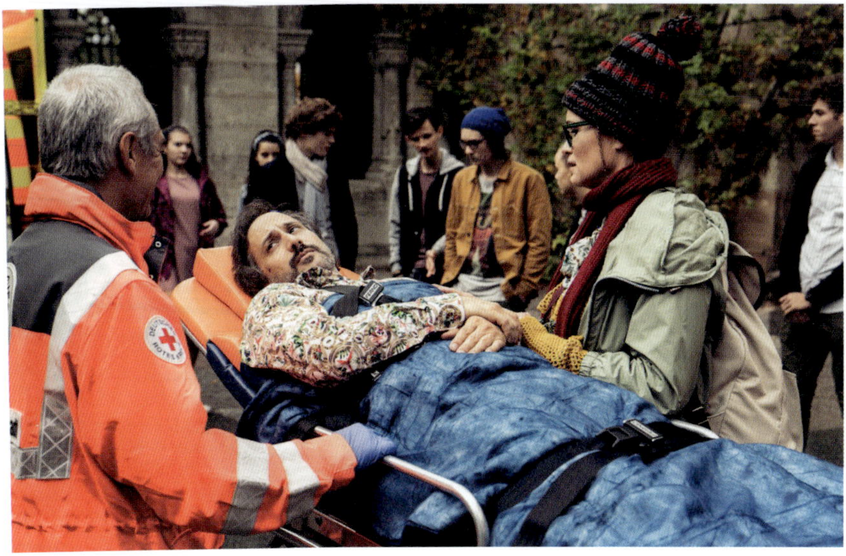

schrei nicht, sie geht zu Michalski und Felix' Vater. Es gibt ein Problem.

»Wir werden Ersatz für ihn finden müssen. Ich kann diese Klassenreise unmöglich allein machen.«

Auffordernd schaut sie dabei den Hausmeister an, der ein wenig zu lange überlegt. Als er endlich den Mund aufmacht, kommt ihm Peter zuvor. »Gar kein Problem. Bin gleich wieder da!« Mit seinen ungleichen Flipflops schlappt er ungelenk zu seinem Wagen.

Enttäuscht sinkt Schmitti in sich zusammen. Herr Michalski zieht jetzt hinter seinem Rücken eine etwas merkwürdige Konstruktion hervor. Eine Bohrmaschine, die er mit einem Lampenschirm in ein Nachtlicht verwandelt hat.

»Die wollte ich Ihnen mitgeben, damit Sie nicht im Dunkeln schlafen müssen.«

Was für eine liebevolle Geste! Schmitti ist sehr gerührt.

Ein Wagen fährt durch die Stadt. Hinten hockt Hulda Stechbarth und pfeift fröhlich vor sich hin. Am Steuer sitzt ihr Schüler Lukas, der zwar ziemlich gut aussieht, aber nicht besonders helle ist, neben ihm seine Mitschülerin Michi, die eine Kaugummiblase nach der anderen platzen lässt.

Ein Wagen schneidet sie, Lukas steigt auf die Bremse. Er und Michi knallen aufs Lenkrad beziehungsweise aufs Handschuhfach. Hulda wird nach vorn geschleudert.

Es ist Felix' Vater, der da in einem Affentempo durch die Stadt brettert und ihnen die Vorfahrt genommen hat.

»Mensch! Pass doch auf!«, brüllt er.

Hulda rückt ihren Kneifer zurecht und Lukas reibt sich die Stirn. »Wo sind denn hier die Airbags?«

»In ferner Zukunft, von diesem Auto aus gesehen«, sagt Michi.

»Was redet ihr für dummes Zeug?«, schimpft Hulda und

schlägt mit der Krücke ihres Schirms auf den Vordersitz. »Konzentration! Was machen wir hier?«

»Gute Frage«, murmelt Michi.

»Also, ich hab das Auto für Sie gestohlen, um mein Ziel zu erreichen und die Versetzung in die nächste Klasse zu schaffen«, verkündet Lukas eifrig.

»Und weiter?«, fragt Hulda ungeduldig.

»Und ich möchte damit mein Leben verbessern und eine Berufsausbildung anstreben und eine Familie gründen«, schwurbelt Lukas.

»Und wo fahren wir hin?«, will Hulda wissen.

»Nach Klein-Zauberwitz«, gibt Michi gelangweilt zur Antwort.

»Und wieso?«, fragt Hulda lauernd.

»Damit meine Mutter nicht rausfindet, dass ich nicht zur Schule gehe«, sagt Michi mit falschem Lächeln.

Hulda holt mit dem Schirm aus. Michi hält sich schützend die Hände an den Kopf. »Okay, okay, ich weiß es!«, gibt sie schließlich widerwillig zu. »Wir bauen voll die krasse Falle, weil Sie kennen sich da voll krass aus.«

»Diese Ausdrucksweise!«, schimpft Hulda. »Und das als Kind einer Lehrerin. Los, vorwärts! Wir müssen als Erste da sein.«

Lukas fummelt an den Zünddrähten herum. »Ich kann leider nur sehr alte Autos kurzschließen.«

Hulda zieht ihm mit ihrem Schirm eins über, Lukas knallt nach vorn, ein Airbag öffnet sich.

»Funktioniert ja doch«, stellt Michi trocken fest.

Auf dem Hof vom Otto ist der Reisebus nun endlich abfahrbereit.

Der Motor läuft bereits, als endlich auch Schmitti einsteigt. Sie winkt Herrn Michalski sehr lange zum Abschied, und er winkt sehr lange zurück.

Traurig nimmt sie in der ersten Reihe Platz. Ihr gegenüber sitzt äußerst vergnügt in einem ziemlich schrillen Hemd Peter.

»Was machst du denn hier?«, zischt ihm Felix zu.

»Ich vertrete Herrn Coldegol«, sagt sein Vater.

»Musst du nicht arbeiten?«

»Nein, ich hab alle Entwürfe heute Morgen schon abgeschickt.« Verschwörerisch fügt Peter hinzu: »Keine Sorge, mein Großer, ich weiß doch, was auf Klassenfahrten so abgeht.« Mit einem Zwinkern deutet er auf Melanie, die weiter hinten sitzt.

»Papa!«, sagt Felix peinlich berührt, doch sein Vater lacht nur.

Ganz hinten im Bus haben Robert, Chris, Mario und Ella Plätze ergattert. Zwischen ihnen hockt der wie eine Mumie eingewickelte Bär.

Mario sucht in allen Taschen nach seinem Smartphone. »Mein Handy wurde geklaut.«

»In unserer Klasse klaut doch keiner was«, entgegnet Ella entschieden.

Mario deutet auf Melanie. »Bisher nicht.«

Er steht auf und schlendert den Gang entlang zu ihrem Platz. »Hey, Melanie. Hast du mein Handy geklaut?«

Felix kommt Mario entgegen und starrt ihn finster an. »Warum behauptest du so was?«

»Könnt ihr euch wieder hinsetzen?«, ruft Frau Schmitt-Gössenwein von vorn.

»Warum sollte ich dein Handy klauen?« Melanie zeigt Mario ihr Smartphone. »Ich hab selbst eins, du Honk!«

»Setzt euch bitte wieder hin!«

Mario geht zurück zu seinem Platz, und Felix setzt sich neben Melanie, was Ella alles andere als gefällt.

»Danke«, sagt Melanie.

»Das kann er doch nicht bringen«, erwidert Felix.

»Ich hätte nicht gedacht, dass ich dich mal so nett finde«, gibt Melanie zu.

»Wie meinst du das?«

Melanie antwortet nicht. Sie spielt mit dem Armband. Die blauen Steine schimmern.

»Das leuchtet ja«, sagt Felix.

»Ja, aber erst, seit du neben mir sitzt ... seltsam.«

»Das Armband gehört zu Otto Leonhards Sammlung«, beginnt Felix vorsichtig. »Das heißt, wir müssen es zurückgeben.«

»Kann ich es für die Klassenreise behalten?«, bittet Melanie. »Das erinnert mich daran, dass ich wenigstens einen Freund hier habe.«

Wie kann Felix da Nein sagen?

»Ja, ich denke, das ist okay.«

Mit großem Unbehagen beobachtet Ella von hinten, dass Felix und Melanie sich offensichtlich ziemlich gut verstehen.

Plötzlich stellt sich Peter vorn neben den Busfahrer und hält eine CD hoch.

»Hey, Leute, alle mal herhören, wer hat denn Lust auf ein bisschen Stimmung?«, plärrt er in ein knarzendes Mikro.

Die Begeisterung hält sich in Grenzen.

»Ich hab da nämlich was vorbereitet!« Peter benimmt sich wie ein Heizdeckenverkäufer auf Kaffeefahrt. Felix möchte vor Scham am liebsten im Boden versinken.

Schauerliche Discomusik der 90er ertönt, und dass Peter dazu in wilde Zuckungen verfällt, die er anscheinend für

einen coolen Tanzstil hält, macht es nicht besser. »Yeah!«, grölt er begeistert.

Alle stöpseln sich schnell die Ohren zu.

Frau Schmitt-Gössenwein hält sich eine Kotztüte vor die Nase – ob das wohl an der Busfahrt oder eher an der Musik liegt?

Es dämmert bereits, als der Bus endlich das Ortsschild von Klein-Zauberwitz passiert. Schließlich hält er vor der

versprochenen Jugendherberge. JUGENDHERBERGE? Ein alter, verwinkelter Kasten wie aus einem drittklassigen Horrorfilm! Abgeblätterter Putz, verrammelte Türen und Fenster.

Und dann fängt es auch noch an zu schütten. Schmitti setzt ihre Pudelmütze auf und steigt aus.

Die Jugendlichen purzeln ihr hinterher aus dem Bus.

»Na, vielen Dank, liebe Melanie«, sagt Mario giftig beim Anblick dieser besseren Bruchbude.

»Hier sollen wir schlafen?«, fragt Frau Schmitt-Gössenwein entsetzt.

»Lieber drin als draußen«, versucht Peter einen Scherz. In Hawaiihemd und Bermudas gibt er eine etwas unglückliche Figur ab.

»Das sieht ja aus wie die Villa vom Bachelor«, spottet Robert.

»Hier ist ja gar kein See«, sagt Chris enttäuscht.

Melanie ist das alles sehr unangenehm. »Den sieht man von hier aus nur nicht.«

»Ist das die Jugendherberge, die du meintest?«, fragt Felix ungläubig.

»Na ja, ich war nie drin. Ich hab ja hier im Ort gelebt.«

»Hat deine Lehrerin vielleicht ein mobiles Telefon?«, will Schmitti wissen.

»Nee, so was hat die nicht.«

Felix entdeckt einen Zettel am Tor. »Hier, ich ruf mal den Kontakt an.«

»Gute Idee«, sagt Peter.

Chris fröstelt, aber nicht nur vor Kälte. »Findet ihr es nicht megagruselig hier?«

Peter winkt ab. »Ach was, bisschen Sonnenschein, und gleich wirkt alles viel freundlicher.«

Felix hat jemanden erreicht, eine Frau Holtkamp. Kurze Zeit später ist sie auch schon herbeigeeilt und öffnet das Tor. Besorgt blickt sie in das offensichtlich verwahrloste Innere.

»Eigentlich ist noch alles da, nur der Strom war abgestellt. Ich bin untröstlich, die neue Mieterin wollte sich doch um alles kümmern.«

»Das ist ja nicht Ihre Schuld«, meint Schmitti.

Und Peter fügt hinzu: »Keine Sorge, wir kommen schon klar. Kleines Feuer, Gemeinschaftsraum und dann spielen wir Flaschendrehen.«

Die Jugendlichen wissen nicht, was schlimmer ist: diese schrottreife Hütte oder Flaschendrehen? Warum nicht gleich Topfschlagen?

»War ein Scherz«, wiegelt Peter den Protest ab.

»Also, wenn Sie noch irgendetwas brauchen, finden Sie mich im Zauberwitzer«, sagt Frau Holtkamp.

Chris lacht grunzend. »Zauberwichser?«

Robert macht sich fast in die Hose vor Lachen.

»Was ist denn so lustig an unserem Dorfladen?«, fragt Frau Holtkamp entrüstet. Und geht.

Felix hat sich die Bruchbude inzwischen genauer angeschaut.

»Hey, Leute, das wird die ultimative Horror-Night. Kennst du zufällig 'ne coole Gruselgeschichte von hier?«, fragt er Melanie.

»Ich denk mal drüber nach.«

Nach dem ersten Schock angesichts der ungastlichen Herberge kommt Bewegung in die 8c. Der Bus wird ausgeladen, Kisten mit Otto Leonhards Sammlung – nicht zu vergessen, der Bär – werden ins Haus geschleppt, Laken von den Möbeln gezogen. Matratzen ausgeklopft. Riesige Staubwolken steigen auf. Schmitti bekommt einen heftigen Niesanfall, sie hat eine Hausstauballergie.

Schließlich hat sie es sich mit ihrem alten Teddy und dem … nun, etwas ungewöhnlichen Nachtlicht von Herrn Michalski im Bett gemütlich gemacht, während Felix' Vater im Bett gegenüber Musik über Kopfhörer hört und einen Ball an die Wand tippen lässt. Er fühlt sich wieder so jung wie anno dunnemals 1996.

Und noch jemand ist äußerst munter. Melanie. Sie wühlt heimlich in den Kisten mit den Museumsstücken, bis sie ein rotes Notizbuch findet …

Ein Mercedes rauscht über die nächtliche Landstraße.

»Immer schön geradeaus fahren«, ertönt Huldas Stimme vom Rücksitz.

Sie hat den Fahrer fest im Griff, das heißt, der Hals des Armen steckt im Griff ihres Schirms, er würgt und bekommt kaum Luft.

»Das ist echt ’n toller Wagen«, stellt Lukas fest. »Darf ich fragen, was Sie beruflich machen? Ich such noch ’ne Karriereoption für mich.«

»Wenn du nicht bald den Mund hältst, dann endet deine Karriere mit dem nächsten Zeugnis«, weist ihn Hulda zurecht.

»Das wäre aber schade«, sagt Michi, die vorn neben dem halb strangulierten Fahrer sitzt. »Er würde so ’nen guten Banker abgeben.« Von Kaugummi ist sie auf eine Traubenzuckerkette umgestiegen und knabbert daran herum.

»Und du bist auch eine einzige Enttäuschung für deine Mutter«, meint Hulda und zieht den Kopf des Fahrers weiter zu sich heran, bis er nur noch erstickt röchelt. »Das hat sie mir selbst gesagt.«

Der Mercedes hält schließlich vor der Jugendherberge, in einigen der Fenster sieht man Licht.

Hulda ist zufrieden. »Sehr schön. Sie sind trotz eurer mangelhaften Leistung eingezogen. Heute Nacht können wir zuschlagen!«

In der Jugendherberge ist nun alles dunkel. Die Jungs schleichen in den Mädchentrakt. »Auf geht's, Horror-Night!«, flüstert Felix und zieht sich ein Laken mit einem aufgemalten Gespenstergesicht über den Kopf.

»Horror-Night!«, wiederholen Chris, Robert und Mario und verhüllen sich ebenfalls.

Felix läuft mit der Taschenlampe im Anschlag vorneweg von Zimmer zu Zimmer, von Gang zu Gang. Kein Mädchen zu sehen. Doch was ist das? Felix schreit auf. Da liegt eine Leiche. Mit einem Beil im Kopf. Blutüberströmt.

»Ella!«, ruft Felix entsetzt und reißt sich das Laken runter.

Die Leiche richtet sich auf, ein mehrstimmiges »Huh!« ertönt. Zu Tode erschrocken, weichen die »Gespenster« zurück.

In diesem Moment geht das Licht an.

Die Mädchen, halloweenmäßig geschminkt, lachen die Jungs aus. Was für Angsthasen!

»Glaubt ihr wirklich, damit erschreckt ihr uns?«, fragt Ella spöttisch.

Nachdem sich alle wieder beruhigt haben, sitzen sie gemütlich im Kreis. Zeit, sich Geschichten zu erzählen. Gruselgeschichten natürlich.

»Wer fängt an?«, fragt Felix.

»Ich!«, sagt Melanie sofort und beginnt, mit ihrer leicht rauchigen Stimme zu erzählen: »Es gibt eine Gruselgeschichte, darin kommt sogar Otto Leonhard vor. *Die blutige Merte*. Sie war in Otto aus ihrer Klasse verliebt und hat ihn auch ein wenig beneidet. Denn Merte durfte keine Bücher lesen, sie musste den Stall ausmisten. Wenn sie nicht gehorchte, wurde sie geschlagen.«

Sie hält kurz inne.

»Und das war's jetzt, oder was?«, fragt Mario angeödet.

Robert gähnt. »Megagruselig.«

Ungerührt spricht Melanie weiter. »Von alledem ahnte Otto Leonhard nichts und zog in die Stadt. Als Merte ihm heimlich durch den Wald folgte, wurde sie von einem Unbekannten aus dem Dorf ermordet. Seitdem läuft ihr Geist hier blutverschmiert herum, um sich zu rächen.«

Felix, der ganz im Bann von Melanies Geschichte steht, zuckt zusammen. Huschte da nicht eben ein Schatten am Fenster vorbei? Doch außer ihm hat das keiner bemerkt.

Chris zieht sich das Laken über den Kopf und gibt gruselige Geräusche von sich oder etwas, was er für gruselige Geräusche hält.

»Und das ist heute noch so?«, fragt Felix Melanie.

Die schüttelt den Kopf. »Nein. Otto Leonhard hat den Dorfbewohnern ein magisches Rezept geschickt, mit dem jeder einmal im Jahr sein Haus behandelt.«

Da!

Da sind wieder die Schatten vor dem Fenster. Felix zieht

die magische Kugel aus der Hosentasche und hält sie fest umklammert.

»Puh! Das glaubt jetzt keiner mehr«, sagt Ella unbeeindruckt. Sie trägt als Kopfschmuck immer noch die Fake-Axt.

»Man räuchert das Haus aus, mit Stroh, Löffelkraut und in der Nacht gepflückten Brennnesseln«, sagt Melanie. »Wenn man alles richtig macht, wird der Geist sichtbar und verlässt das Haus.«

»Huh-huh! Huh-huh!«, kommt es wieder von Chris, der weiter gespenstisch herumwedelt und schließlich hintenüberkippt. Melanie muss wider Willen lachen.

Felix ist aufgestanden und geht nun den Gang entlang. Ella schaut ihm hinterher.

»Wenn nicht, nimmt einem die blutige Merte das, was man am liebsten hat«, schließt Melanie ihre Geschichte.

»Glaubt ihr, die haben die Räucherei in den letzten Jahren gemacht?«, fragt Chris besorgt.

Und auch Robert gruselt sich ein wenig. »Sonst würde die Merte ja heute Abend kommen, oder?«

Chris kriecht wieder unter sein Laken. »Ich glaub, ich bleib hier lieber drunter.«

»Der Zombie-Shield wird dir auch nicht weiterhelfen«, stellt Robert fest.

Mit der Kugel in der ausgestreckten Hand geht Felix langsam durch das Gebäude. Hat er sich die Schatten etwa nur eingebildet? Nein!

Schemenhaft erkennt er zwei Gestalten, die sich an den Kisten mit Otto Leonhards Sammlung zu schaffen machen.

Vor Schreck lässt er die Kugel fallen, polternd kracht sie zu Boden. Und ehe er reagieren kann, sind die Einbrecher durchs Fenster verschwunden.

Der Schein einer Taschenlampe flackert.

»Felix?«, ruft eine Stimme.

Felix zuckt zusammen, doch es sind nur sein Vater und Frau Schmitt-Gössenwein.

»Alles in Ordnung?«, fragt sein Vater.

Felix schließt das Fenster. »Hier war jemand.«

»Um Gottes willen, geht's dir gut?«, fragt Schmitti besorgt.

»Ja, es ist nix passiert, aber ich glaub, ich hab grad Merte vertrieben.«

Schmitti versteht nur Bahnhof. »Merte? Wer ist denn Merte?«

»Ach, nur so eine Gruselgeschichte.«

»Eine Gruselgeschichte? Vorm Schlafengehen?« Schmitti denkt anscheinend, die lieben Kinderlein müssten eher in den Schlaf gesungen werden.

»Horror-Night? Wieso sagt mir keiner Bescheid?« Peter versucht ein Zombielachen, das ihm so gar nicht gelingt.

Mitten in der Nacht verlässt Melanie die Jugendherberge, schnappt sich ein Rad und radelt durch wallende Nebelschwaden zu einem im Dunkeln nicht weniger gruselig wirkenden Gemäuer.

Immerhin brennt drinnen ein anheimelndes Kaminfeuer.

Michi, Lukas und Hulda Stechbarth haben schon auf sie gewartet.

Melanie sieht sich um. »Was ist das denn für 'ne Bude?«

»Airbnb«, sagt Lukas. »Ein Schnäppchen, man muss nur den Hund füttern oder so.«

»Guten Abend, mein liebes Kind«, begrüßt Hulda Melanie übertrieben freundlich. »Hast du dein Talent einsetzen können? Denn diese beiden Holzköpfe sind nicht in der Lage, etwas Nützlicheres zu klauen als Bonbons, die man kauen, aber nicht schlucken darf.«

»Warum wollen Sie dieses alte Notizbuch überhaupt haben?«, fragt Melanie.

»Schau mich an. Ich bin ein Geist im 140 Jahre alten Körper eines Menschen«, jammert Hulda. Dann lächelt sie. »Hast du es?«

Melanie schaut Hulda prüfend an. »Sind Sie diese Merte, die in Otto Leonhard verknallt war?«

»Diese Münchhausiade wirst du doch wohl nicht glauben?«, erwidert Hulda schnippisch. »Na?«

Melanie zieht das rote Notizbuch hinter ihrem Rücken hervor und wirft es ihrer Lehrerin in den Schoß. »Hier.«

»Ich wusste, dass ich mich auf dich verlassen kann!«, jubelt Hulda. »Oh, du gutes Kind!«

Ungelenk versucht sie, mit ihren morschen Fingern das Buch zu öffnen. »Jetzt habe ich endlich das Rezept, um den Spieß umzudrehen!«

Lukas hebt die Hand, um Michi abzuklatschen. »Sie hat es!«

Melanie verschränkt bockig die Arme.

»Du bist zwar völlig verdorben«, sagt Hulda zu ihr. »Aber deutlich klüger als diese beiden Exemplare. Jetzt werde ich ganz andere Saiten aufziehen. Jawohl.«

»Ich hab meine Abmachung eingehalten«, sagt Melanie. »Ich fahr jetzt nach Hause.« Sie geht zur Tür.

Doch so einfach lässt Hulda sie nicht entkommen.

»Du wirst mich nicht enttäuschen. Du wirst diesen Felix weiterhin im Auge behalten«, befiehlt Hulda.

Melanie kommt zurück. »Nein, ich mach das nicht mehr.«

Doch Hulda Stechbarth wäre nicht Hulda Stechbarth, wenn sie nicht noch ein Ass im Ärmel hätte. »Ich hab eine ganze Akte über deine Diebstähle, o ja. Ich werde dich in eine Haftanstalt bringen lassen, wenn du deine Aufgabe nicht vollendest«, droht sie.

Jetzt erst bemerkt sie das Armband, das Melanie am Handgelenk trägt.

»Was ist das? Das kenn ich doch irgendwoher.«

»Nur ein Armband«, sagt Melanie schnell und bedeckt es mit ihrer anderen Hand.

»Dieser Felix darf mir nicht mehr in die Quere kommen«, krächzt Hulda. Sie schwenkt das Notizbuch. »Aber dafür hab ich ja jetzt eine Lösung!«

Melanie weiß, dass sie keine Wahl hat. Sie muss das Spiel weiterspielen.

Der nächste Tag sieht schon viel freundlicher aus. Die Sonne scheint und Frau Schmitt-Gössenwein zeigt auf ein adrettes rotes Backsteinhaus mit Türmchen.

»Otto Leonhards Geburtshaus«, verkündet sie feierlich. »Hier fing alles an.«

Felix' Vater und die Jugendlichen schleppen Museumsstücke, Chris steckt dabei immer noch unter seinem Laken mit dem aufgemalten Gespenstergesicht, was Schmitti mit einem fragenden Gesichtsausdruck quittiert.

»Chris fühlt sich sicherer so«, erklärt Robert.

Auch innen ist Otto Leonhards Geburtshaus sehr ansprechend: grüne Wandtäfelung, Tapeten mit Blumen und Pfauen darauf, schwere Samtvorhänge.

»Ist das schön!«, staunt Schmitti. »Vorsichtig, Kinder.«

Gerade wird der Bär hereingewuchtet.

Auf Felix' Handy erscheint eine Nachricht von Melanie: *Muss dich dringend sprechen.*

Genau in diesem Augenblick fragt Schmitti: »Hat eigentlich irgendeiner von euch heute schon Melanie gesehen?«

»Die schläft wahrscheinlich noch«, sagt Peter.

Ella schüttelt den Kopf. »Nee, da war keiner mehr im Zimmer.«

»Felix, hast du sie gesehen?«, fragt Schmitti weiter.

»Ich?«, fragt Felix verwirrt – er war gerade dabei, Melanie auf ihre Textnachricht zu antworten. »Äh … nee. Hat sie nicht Familie hier?«

»Die ist doch megaverdächtig!«, behauptet Ella.

»Wieso das denn?«, kontert Felix. »Als die Sachen durchwühlt worden sind, hat sie doch die Merte-Geschichte erzählt.« Das stimmt – Felix hat sich in der Horror-Night die nächtlichen Geräusche nicht eingebildet, und es war wohl tatsächlich jemand nachts heimlich in der Herberge. Aber Melanie kann es auf jeden Fall nicht gewesen sein.

»Wir können ja mal ihre Sachen durchsuchen«, sagt Mario. »Ich wette, da finden wir auch mein Handy.«

»Bist du jetzt die Polizei, oder was?«, schnauzt ihn Felix an.

Schmitti schaut auf ihr Klemmbrett. »Ich finde es ja schön, dass du sie verteidigst, Felix, aber vielleicht sollten wir mithilfe der Inventarliste prüfen, ob was fehlt.«

»Das mach ich«, sagt Felix schnell. »Hier muss sowieso einer Wache halten. Und ihr anderen … Ihr fahrt zum See und habt Spaß.«

»Der erste vernünftige Vorschlag heute«, sagt Robert und schlägt Chris vor: »Dann kannst du mit deinem Laken ’ne Qualle spielen.«

Chris lacht grunzend. »Weiß überhaupt jemand, wo der See ist?«

»Den werdet ihr ja wohl finden, oder?«, sagt Felix.

Peter reibt sich zufrieden die Hände. »Spitze, dann können wir uns ja noch mal hinhauen, oder?«

Frau Schmitt-Gössenwein reicht es. Irritiert betrachtet sie Peter, der mit seinem viel zu bunten Hemd und den viel zu langen Haaren wie ein Berufsjugendlicher aussieht. »Können Sie sich nicht einmal wie ein Erwachsener benehmen?«

»Was soll das denn jetzt?« Peter kapiert es nicht.

»Wenn nur Herr Michalski da wäre«, seufzt Schmitti und beugt sich über ihr Klemmbrett. Mit einem »Danke« drückt sie es Felix in die Hand.

Die anderen sind schon draußen, nur Ella dreht sich noch einmal um. »Du sagst uns Bescheid, wenn du was von Melanie hörst, oder?«

Sie schaut Felix prüfend an.

Er nickt. »Ist doch klar.«

Ella geht und Felix bleibt mit einem schlechten Gewissen zurück.

Vor der Tür der Jugendherberge stehen Michi und Lukas und versuchen, möglichst harmlos auszusehen.

Michi trägt einen großen Topf und einen Korb mit Brötchen und Lukas eine Kiste mit Thermoskannen. »Ich finde das wirklich überraschend nett von Frau Stechbarth, ihren Erzfeinden ein Frühstück zu spendieren.«

Michi betätigt den Türklopfer. »Und warum hat sie lauter seltsames Zeug in die Kannen geträufelt und dabei immer wieder in das Notizbuch gesehen, hey?«

»Aroma?«, schlägt Lukas vor. Er hat anscheinend noch immer nicht kapiert, dass seine Lehrerin nichts Gutes im Schilde führt.

Die Tür öffnet sich, Frau Schmitt-Gössenwein guckt die beiden überrascht an. Eigentlich hatte sie Melanies Lehrerin, eine gewisse Frau Rödig, erwartet.

Michi setzt ein vertrauenerweckendes Lächeln auf. »Frau Rödig lässt Ihnen ausrichten, dass es ihr voll leidtut.«

»Dafür haben wir was zu essen mitgebracht«, sagt Lukas.

Peter, der hinter Schmitti in der Tür steht, freut sich. »Das ist aber voll nett.«

Er pfeift die anderen herbei. »Packt ihr mal mit an?«

»Wirklich sehr freundlich von Melanies Lehrerin«, stimmt ihm Schmitti mit einem Blick auf den Topf zu. »Wann sehen wir sie denn mal? Wir hätten ja schon noch ein paar Fragen.«

»Sie kommt später vorbei«, sagt Lukas. »Wenn alle schlafen«, verplappert er sich.

Michi reicht Schmitti den Brötchenkorb. »Am Abend, meint er.« Der Kerl ist auch wirklich zu dämlich.

»Na gut, dann schöne Grüße«, sagt Schmitti.

»Sie werden sich sicher mögen«, setzt Lukas noch einen drauf. »Weiche Schale, rauer Kern. Sie wissen schon.«

Michi zieht Lukas schnell weg, bevor der noch mehr Blödsinn verzapfen kann.

»Was redest du da?«, faucht sie ihn an.

»Ich hab nur versucht, nett zu sein«, behauptet Lukas. »Das hab ich in ’nem Ratgeber gelesen. Du weißt nie, wer dein nächster Boss wird.«

Felix ist damit beschäftigt, Museumsstücke auszupacken, zu ordnen und auf der Liste abzuhaken, als er vom Gang her Geräusche vernimmt. Melanie!

Schnell richtet er sich vor einem Spiegel die Haare. Doch als die Tür aufgeht, da erscheint nicht Melanie, sondern Ella, gefolgt vom Rest der Gang.

Die Enttäuschung steht ihm ins Gesicht geschrieben. »Was macht ihr denn hier?«

»Mit dir reden«, sagt Ella.

»Das ist jetzt gerade ganz schlecht.«

Felix muss seine Freunde unbedingt loswerden, denn schließlich könnte jeden Moment Melanie auftauchen. Wütend starrt er aus dem Fenster.

»Check mal deinen verdammten Sensor«, sagt Robert.

»Die Lady ist schuldig«, nuschelt Chris unter dem Laken.

»Es ist ja in Ordnung, dass du dich verliebt hast«, beginnt Ella etwas von oben herab. Dabei findet sie das alles andere als in Ordnung. Felix hat sich nur in eine zu verlieben, nämlich in sie.

»Was redet ihr denn jetzt für einen Mist?«, wehrt Felix

ab. »Das sagt ihr doch nur, um davon abzulenken, dass ihr sie nicht leiden könnt. Genau wie mich, als ich neu auf dem Otto war«, fügt er hinzu.

Ella und Mario werfen sich einen Blick zu. Ella nickt.

Mario hält Felix seinen Füller unter die Nase. »Der lag unter ihrem Kopfkissen.«

Felix ist fassungslos. »Ihr habt nicht wirklich ihre Sachen durchsucht.«

»Der ist dir doch geklaut worden!«, ruft Ella.

»Ja und? Den kann man doch überall kaufen ... Und jetzt lasst mich bitte allein.«

»Kommt sie etwa?«, faucht Ella wie eine eifersüchtige Ehefrau.

Felix antwortet nicht und das ist Antwort genug.

»Felix!« Ella wird immer lauter. »Du hast versprochen, uns Bescheid zu sagen!«

»Alter, du willst hier aufpassen, da darfst du doch Melanie nicht reinlassen«, sagt Mario.

Unbemerkt von den anderen legt Felix die Zauberkugel von Otto Leonhard in die Schale hinter ihm. »Los, geht jetzt!«

Doch seine Freunde verschränken die Arme über der Brust und weichen keinen Millimeter.

Felix fixiert sie alle vier, die Kugel beginnt, in der Schale zu rotieren.

Mario ahnt als Erster, was da gerade passiert. Er schiebt Felix beiseite und starrt in die Schale. »Was ist hier los?«

»Herr Leonhard?«, ruft Ella und sieht sich suchend im Raum um. »Was machen Sie da?«

»Herr Leonhard findet wohl auch, dass ihr gehen sollt«, sagt Felix düster. Aus der Schale steigt nun die Flamme empor, Funken sprühen und … Ella, Robert, Chris und Mario sind auf der Stelle geschrumpft.

Wie eine gigantische Säule ragt Felix vor ihnen auf. Ihm wird erst jetzt klar, was er da getan hat. Er will sich bücken, da geht die Tür auf und Melanie erscheint. »Felix!«

Sie läuft auf ihn zu und tritt um ein Haar auf die winzig kleinen Freunde.

In letzter Sekunde retten sich die vier hinter eine Holzfigur, die einen Affen darstellt.

»Melanie!«, ruft Felix und nimmt sie in die Arme.

»Was geht 'n hier ab?«, flüstert Chris.

»Krass, wir sind geschrumpft«, sagt Robert.

Chris, der nun aussieht wie das kleine Gespenst aus dem Kinderbuch, lugt hinter dem Bein des Affen hervor.

Felix löst sich nur langsam von Melanie. »Wo warst du denn die ganze Nacht? Bei deiner Familie?«

»Ich werde nicht mehr zur Klasse zurückkommen«, sagt Melanie. Nervös blickt sie sich um. »Bist du wirklich allein?«, fragt sie besorgt. Sie hat das Gefühl, dass außer ihnen noch jemand im Raum ist.

»Jaja … natürlich«, lügt Felix. Schließlich weiß er genau, dass Ella, Chris, Robert und Mario irgendwo in der Nähe sein müssen.

Melanie nimmt Felix an die Hand und zieht ihn zu einem altmodischen Sofa.

Als er neben Melanie sitzt, entdeckt Felix schließlich seine Freunde, die neugierig ihre Köpfe hinter der Holzfigur hervorstrecken. Er fühlt sich sehr unwohl dabei, ausgerechnet jetzt beobachtet zu werden.

»Du bist echt nett, aber deine Freunde sind solche Arschlöcher«, sagt Melanie.

Wütend stemmen Ella und die anderen die Arme in die Seite. Pass bloß auf, was du jetzt sagst, Felix!

»Ja … äh, das verstehe ich aus deiner Perspektive«, windet der sich. »Aber können wir ein andermal darüber reden?«

»Klar, ist jetzt auch nicht wichtig.«

Die vier Freunde vollführen nun groteske Verrenkungen, um Felix zu signalisieren, dass er Melanie so schnell wie möglich loswerden soll. Ella tippt seine Nummer in ihr Handy, das jetzt für eine Barbiepuppe gerade die richtige Größe hätte.

»Entschuldige, ist das sehr privat, was du mir sagen willst?«, erkundigt sich Felix vorsichtig.

»Ja«, sagt Melanie. »Es … es ist alles ganz anders, als du denkst. Als du mir das Armband gegeben hast, da …«

Der große blaue Stein in der Mitte beginnt zu leuchten.

Felix' Handy brummt. Er zieht es aus der Hosentasche. »Oh, sorry.«

Schick die Kuh weg!, hat Ella geschrieben.

»Dann sollten wir das lieber verschieben«, sagt Felix.

»Felix, das ist wichtig«, beharrt Melanie.

»Ja, ich weiß, aber die Nachricht eben … Meine Freunde

kommen. Wir wollten uns treffen und über dich reden. Das geht ja schlecht, wenn du dabei bist.«

Felix steht auf.

Melanie läuft zur Tür und nimmt im Vorbeigehen unbemerkt die Kugel aus der Schale. »Deine Freunde sind dir halt wichtiger als ich.«

Felix rennt ihr hinterher, raus der Jugendherberge, vor der Melanie gerade auf ihr Rad steigt.

»Hey, warte! Du verstehst das falsch. Ich will ja gerade was für dich tun«, beteuert er.

»Schon verstanden«, sagt Melanie schnippisch und fährt davon.

»Ich ruf dich an, okay?« Aber das hört Melanie nicht mehr.

Felix eilt zurück in den Raum mit den Museumsstücken und hockt sich vor den hölzernen Affen. »Shit! Hey, Leute, geht's euch gut? Otto Leonhard macht euch bestimmt wieder groß.«

»Warum hat er uns überhaupt geschrumpft?«, ruft die winzige Ella nach oben.

»Und warum hat er dich nicht mitgeschrumpft?«, fragt Mario. »Du bist doch die Gefahr hier.«

Felix schaut sich im Raum um, so als suche er den Schulgeist. »Herr Leonhard? Meinen Freunden tut es sicher leid, dass sie Melanie so schlecht behandelt haben.« Er schaut nach unten. »Ihr entschuldigt euch, nicht wahr?«

»Wofür denn?«, fragt Ella.

»Fürs Sachen-Durchsuchen, zum Beispiel.«

»Herr Leonhard, wir machen uns doch nur Sorgen!«, ruft Ella in den Raum hinein. »Wir wollen nur Ihr Eigentum beschützen!«

Felix erhebt sich. »Das scheint er anders zu sehen.«

Und dann erst fällt ihm etwas auf.

»Die Kugel ist weg!«

Die vier Winzlinge sehen sich an und rufen wie aus einem Mund: »Melanie!«

»Leute! Ich hasse euch«, sagt Felix verstört, denn er ahnt,

dass seine Freunde recht haben könnten. »Mist, Mist, Mist, Mist!«

»Jetzt dreht er komplett durch«, sagt Robert zu Chris, dem kleinen Gespenst.

Felix nimmt einen Karton und leert ihn aus.

»Wir müssen Melanie finden, ihr altert viel schneller, wenn ihr geschrumpft seid.«

»Was?«, rufen die Freunde entsetzt.

»Ja, das ist halt so.« Felix hält ihnen die offene Seite des Kartons hin. »Rein da.«

Ella bleibt bis zum Schluss auf einem Bücherstapel stehen. Voller Verachtung schaut sie Felix an. In was für eine Situation hat er sie bloß alle mit seiner dämlichen Verknalltheit gebracht?

Felix hebt den Karton hoch, und Ella, Chris, Robert und Mario purzeln unsanft darin herum.

»Vielen Dank!«, ruft Ella.

»Sorry, Leute.« Felix klemmt sich den Karton unter den Arm. »Ich frag mal im Ort nach.«

Im Zauberwitzer, dem Dorfladen von Frau Holtkamp, stehen Michi und Lukas, um magische Kräuter für Hulda Stechbarth zu besorgen.

»Nachtgepflückte Kräuter führen wir leider nicht«, sagt Frau Holtkamp. »Aber Salbei und Löffelkraut hab ich da. Wie viel braucht ihr denn?«

»Alles«, sagt Michi.

»Alles?«, fragt Frau Holtkamp verwundert.

In diesem Moment klingelt die Ladenglocke, Felix kommt herein.

»Guten Morgen«, sagt er und hält Frau Holtkamp sein Smartphone unter die Nase. »Entschuldigung, kennen Sie dieses Mädchen?«

Frau Holtkamp schaut das Foto an. »Nein, sagt mir nichts.«

»Sie ist verschwunden«, erklärt Felix.

»Das ist ja schrecklich!«, ruft Frau Holtkamp.

Lukas und Michi starren Felix an.

»Warum schläft der nicht?«, flüstert Lukas Michi zu.

»Äh, wir kennen sie«, sagt Michi schnell. »Schon ewig.«

»Echt?« Felix ist sehr erleichtert. »Ich muss dringend mit ihr sprechen.«

Michi kommt bedrohlich nah an Felix heran. »Was willst du von ihr?«, fragt sie lauernd. Sie zeigt auf den Karton unter Felix' Arm. »Und was ist denn da drin?«

»Wolltest du ihr etwa ein Geschenk machen?«, fragt Lukas.

Felix weicht hinter den Ladentisch zurück. »Nein.«

Doch Michi rückt ihm weiter auf die Pelle. »Zeig doch mal.«

»Wieso sollte ich?«

Michi schubst ihn. Und noch einmal.

»Wieso streitet ihr denn jetzt?«, fragt Frau Holtkamp verwirrt.

»Nein, nein, wir streiten nicht. Alles gut.« Felix nimmt zwei Flaschen aus dem Regal. »Ich wollte nur Minibrezeln kaufen und …«

Schon hat sich Lukas den Karton mit Ella, Chris, Robert und Mario darin geschnappt.

»Entschuldigung, ich bin nicht gern so unhöflich.«

Aber Michi hat's nicht so mit Höflichkeit. Sie nimmt Lukas den Karton weg und hält ihn hoch über ihren Kopf. Aus dem Karton kommen merkwürdige Geräusche.

»Das klingt aber komisch«, sagt Lukas.

»Da ist nur Spielzeug drin!«, ruft Felix verzweifelt.

Nun beginnt ein Hin- und Hergezerre. Mal hat Felix den Karton, mal Michi. Schließlich lässt Michi einfach los und Felix fällt rücklings zu Boden.

»Danke.« Michi hebt den Karton auf.

Lukas lugt durch einen Schlitz hinein. Regungslos liegen die vier Freunde auf dem Boden.

»Oh, guck mal, der kleine Junge spielt mit Puppen.«

»Ist doch nicht schlimm«, sagt Frau Holtkamp lächelnd. »Mein Sohn hat auch mit Puppen gespielt.«

Felix nimmt Lukas den Karton ab.

»Du musst dir mal ehrgeizigere Ziele setzen, in deinem Alter«, bemerkt Lukas oberlehrerhaft.

Felix schnappt sich die Brezeln und die Flaschen und stürmt aus dem Laden. Aus dem Karton sind eindeutige Kotz- und Würgegeräusche zu vernehmen.

Michi schaut ihm nach. »Was für ein Opfer.«

Zurück in der Jugendherberge stellt Felix den Karton auf den Empfangstresen neben das altmodische Telefon.

»Sorry, Leute, geht's euch gut?« Er öffnet die Klappe.

Ella, Chris, Robert und Mario taumeln mehr tot als lebendig ins Freie.

Robert stöhnt. »Alter, wie gehst du denn mit deinen Freunden um?«

»Mir ist kotzübel!«, jammert Chris.

»Soll ich dir mal das Laken abnehmen?«, fragt Felix.

Na ja – jetzt ist es eher ein Tüchlein.

»Bloß nicht!«, wehrt Chris ab. »Sonst raste ich völlig aus.«

Ella schnappt nach Luft. »Die beiden stecken doch mit Melanie unter einer Decke!«

»Jetzt hört doch mal auf, die ganze Zeit auf Melanie rumzuhacken. Es gibt bestimmt für alles eine Erklärung.« Felix will immer noch nicht glauben, was er inzwischen längst ahnt.

»Ja, sicher«, sagt Ella und blickt sich spöttisch um. »Dafür bestimmt auch.«

Felix war so damit beschäftigt, seine Freunde in Sicherheit zu bringen, dass er nicht bemerkt hat, dass er nicht allein im Raum ist.

Über den Tischen hängen, halb sitzend, halb liegend, seine Mitschülerinnen und Mitschüler: Sie schlafen tief und fest. Vor ihnen stehen die Thermoskannen mit dem großzügig »gespendeten« Kaffee von Hulda Stechbarth alias Frau Rödig.

Nun torkeln Peter und Frau Schmitt-Gössenwein in den Raum. Sie können sich kaum auf den Beinen halten.

»Papa, was ist hier los?«, fragt Felix entgeistert.

»Hier … hier stimmt was nicht«, lallt Peter. Hat er etwa getrunken? Ja, das hat er. Allerdings keinen Alkohol.

Schmitti gähnt. »Wir sind alle so müüüde!«

Jetzt bemerken die beiden die geschrumpften Kinder auf dem Tresen.

»Hilfe!«, stammelt Schmitti.

»Oje«, sagt Peter. »Wer hat deine Freunde geschrumpft?«

»Ich …«, beginnt Felix zerknirscht. Will er etwa seinen Fehler zugeben? Nein. »Ich … weiß es nicht.«

»Felix … fehlt … fehlt was aus der Sammlung?«, fragt Schmitti mit schwerer Zunge.

»Ich glaube, nur ein Notizbuch.«

»Seine *Magischen Aufzeichnungen*!« Schmitti stöhnt. »Das ist nicht gut. Dahinter kann nur Hulda Stechbarth stecken.«

»Die haben uns in eine Falle gelockt und geschrumpft!«, ruft nun Ella.

»Hulda, diese beiden Honks und Melanie«, behauptet Mario.

Felix will davon nichts hören. »Ihr spinnt doch alle! Hulda und Melanie? Als ob plötzlich jeder schrumpfen kann.«

Peter und Schmitti sehen aus, als würden sie vor Erschöpfung gleich zusammenbrechen.

»Ihr geht besser schlafen«, sagt Felix. »Ich kümmere mich um den Rest.«

»Ich rufe jetzt erst einmal Herrn Michalski an«, murmelt Schmitti.

»Warum?«, fragt Peter.

»Ich habe nie über meine Gefühle gesprochen, aber heute würde ich mich trauen.« Sie gähnt laut und hat schon vergessen, was sie eben gesagt hat.

Aneinandergelehnt schwanken die beiden aus dem Raum.

Felix versucht, den Rest der 8c ebenfalls ins Bett zu bugsieren.

In dem Airbnb-Haus ist Hulda derweil auf hundertachtzig.

»Wieso ist dieser Felix als Einziger nicht betäubt?«, wütet sie in ihrem Rollstuhl. »Wie konnte das passieren?«

Lukas, Melanie und Michi stehen gesenkten Kopfes vor ihr.

Lukas meldet sich: »Er ist kein Frühstücker!«

Beifallheischend schaut er die beiden Mädchen an. Nichts. Und auch Hulda überhört diese überraschend intelligente Bemerkung. Sie rollt auf Melanie zu. »Du bist schuld! Jetzt läuft er durch den Ort und sucht dich.«

»*Sie* wollten doch alle betäuben. Warum ist das meine Schuld?«, gibt Melanie zurück.

Huldas Blick fällt auf Melanies Armband. »Das leuchtet ja!« Sie greift Melanies Handgelenk. »Jetzt weiß ich es. Das Armband war früher eine Kette. Du hast dich in ihn verliebt!«, spuckt sie Melanie entgegen und zerrt an dem Armband.

»Nein, hab ich nicht!« Melanie zieht ihren Arm weg.

»Glaube mir, mein Kind, Männer sind das nicht wert.« Hulda Stechbarth drückt ihr eine Flasche in die Hand. »Gib ihm das!«

»Und ihr geht Kräuter pflücken!«, herrscht sie Lukas und Michi an. »Hopp! Hopp!«

Inzwischen ist es Abend geworden. Die Jugendlichen liegen nun, immer noch schlafend, in den Betten, und Felix kommt zurück in den Aufenthaltsraum, um nach Ella und den anderen zu schauen.

Er lupft den Deckel des Kartons. »Leute? Wo seid ihr?«

In diesem Moment bekommt er einen Schlag in seine

Weichteile und schreit vor Schmerz laut auf. Mario hat Felix an seiner empfindlichsten Stelle mit einem Kochlöffel getroffen. Felix taumelt, stolpert über eine Schnur, die Chris und Robert zwischen zwei Stuhlbeine gespannt haben, und fällt der Länge nach hin.

Kaum liegt Felix auf dem Boden, da seilt sich Ella über ihm ab. Einen Zahnstocher als Speer in den Händen. Wie eine Amazone lässt sie den »Speer« durch die Luft wirbeln und richtet ihn dann auf Felix' Nasenspitze. Ihren Fuß stellt sie auf sein Kinn.

Felix stöhnt. »Seid ihr verrückt geworden?«

»Du bist verrückt geworden«, gibt Ella zurück. »Du siehst nicht, was offensichtlich ist.«

»Du stehst auf meinem Kinn«, nuschelt Felix.

»Wir werden dich zwingen, endlich Vernunft anzunehmen!«, ruft eine wütende Ella.

Nun nähern sich auch Chris und Robert, ebenfalls mit Speeren bewaffnet. Mario trägt den Deckel eines Marmeladenglases wie einen Schild vor sich her.

»Indem ihr mich mit Zahnstochern bedroht, sehr vernünftig von euch«, nuschelt Felix kaum verständlich. Ella hat ihren Fuß noch immer auf sein Kinn gedrückt.

»Wir sind auf jeden Fall nicht völlig blind vor Hormonen«, spottet Ella.

»Ich bin nicht blind. Noch nicht.« Felix fixiert den Speer.

Ella zieht ihren Fuß weg. »Mann, Felix! Wir sind fünfzehn Jahre alt. Wenn wir weiter so schnell altern, dann sind wir vor dem Abi tot!« Sie springt von Felix' Brust herunter und läuft zu den anderen.

»Es gibt nur einen Weg ...«, sagt Mario.

»Du musst Melanie hierher in die Falle locken«, vollendet Ella den Satz.

Als Felix nicht gleich antwortet, richtet sie wieder den Zahnstocher auf ihn. Das könnte bös ins Auge gehen.

»Okay, okay«, versucht Felix, sie zu beschwichtigen. »Ich hab sie ja schon angerufen. Sobald sie sich meldet, haben wir sie.«

»Ehrenwort?«

»Ja ...« Heimlich kreuzt Felix zwei Finger.

Während Felix seine Freunde in falscher Sicherheit wiegt, wiegt Hulda Stechbarth draußen am Dorfrand Kräuter ab.

»Schneller«, treibt sie Michi und Lukas an, die mit Stirnlampen versehen Brennnesseln pflücken. »Ich werde Otto Leonhard mit seinem eigenen Rezept ausräuchern. Vier Pfund in einer Stunde. Wir brauchen das Zehnfache, das heißt ...«

»... dass wir in neun Stunden fertig sind«, sagt Lukas eifrig und strahlt. »Richtig?«

In der Jugendherberge sitzen derweil Ella, Chris, Robert und Mario auf dem Nachttisch neben Felix' Bett und knabbern an Minibrezeln, die für sie Größe eines Wagenrads haben. Felix durchwühlt seinen Schrank und zieht zwei Paar Socken heraus. Er kennt das bereits. In solche Sockenschlafsäcke hatte er schon mal seine Eltern gesteckt.

»Hier, Schlafsäcke.«

»Igitt«, sagt Mario.

Robert ekelt sich ebenfalls. »Ich schlaf nackt.«

»Die sind sauber«, versucht Felix, seine Freunde zu beruhigen. Scherzhaft fügt er hinzu: »Höchstens zwei Wochen getragen.«

»Ohne mich«, murmelt Chris unter seinem Tüchlein.

Ella trinkt aus einem Flaschendeckel. Robert streicht sich übers Gesicht. »Hab ich hier etwa einen Bart bekommen?«

Deutlich ist ein dunkler Flaum auf seiner Oberlippe erkennbar.

Chris lacht grunzend. »Krass, wie 'n Hipster!«

»Schau du mal unter dein Laken, wahrscheinlich siehst du aus wie Chewbacca.«

»Glaubst du wirklich?«, fragt Chris besorgt.

Mario tastet sein Gesicht ab. »Ich hab auch was.«

Chris zieht sich das Tuch vom Kopf. »Ich hab nichts«, stellt er erleichtert fest.

»Hey, mach dir keine Sorgen«, sagt Felix spöttisch. »Auch du kommst irgendwann in die Pubertät.«

»Ich glaub, ich lass das Laken lieber weg, damit ich weiß, wann's passiert«, meint Chris.

Ella tigert auf dem Nachttisch herum. Die Untätigkeit macht sie nervös.

Felix stellt eine Kaffeetasse auf den Nachttisch. »Hier, falls mal jemand muss.«

Und noch eine zweite. Dazwischen platziert er einen Flyer.

»Was ist das?«, fragt Ella.

»Damenklo.«

Zum ersten Mal seit langer Zeit muss Ella lächeln.

Seine Freunde schlafen in der Nachttischschublade, während Felix die Stichworte *Melanie* und *Zauberwitz* in sein Smartphone eingibt. Aber er findet nicht die, die er sucht.

»Felix?«, ertönt plötzlich Ellas Stimme.

»Ja?«

»Bist du wach?«

»Ja.«

»Kann ich … zu dir kommen?«

»Klar.«

Felix macht die Nachttischlampe an und streckt die Hand aus. Doch Ella braucht keine Hilfe. Sie klettert auf den Rand der Schublade und springt in Felix' Bett.

Sie liegt nun neben Felix.

»Ich …«, beginnt Ella.

»Ja?«

Ella spricht nicht weiter.

»Weißt du, wenn du so nah liegst, dann vergess ich fast, dass du geschrumpft bist«, sagt Felix.

»Na ja, so nah waren wir uns wahrscheinlich auch noch nie«, sagt Ella ein wenig verlegen.

Die beiden lächeln sich an.

»In letzter Zeit … obwohl wir uns so lange kennen … irgendwie dachte ich, du interessierst dich nicht für Mädchen«, spricht Ella weiter.

Felix richtet sich halb auf. »Wie meinst du das?«, fragt er verwirrt. »Natürlich interessiere ich mich für Mädchen. Wir sind doch beste Freunde.«

»Na ja, Melanie scheint dir ja auch grad ziemlich wichtig zu sein.«

»Das ist doch ganz was anderes. Ich hab mich noch nie mit jemandem besser verstanden als mit dir«, stellt Felix klar.

Ella lächelt stolz.

»Und Melanie … Ich kenn sie ja kaum. Es ist nur so … Wenn sie mich ansieht …« Felix kommt mehr und mehr ins Schwärmen, und das ist ja nun nicht gerade das, was Ella hören wollte.

»Du solltest besser aufpassen, in wen du dich verliebst«, sagt sie schnippisch und dreht sich weg.

Felix versteht mal wieder überhaupt nichts. Er knipst das Licht aus. Und ist fast schon weggedämmert, als sein Handy brummt.

Melanie!

Wo bist du?, tippt Felix.

In unserem leeren Haus, Dorfstraße 25. Bitte komm. Ich lass dich hinten durchs Fenster rein.

Hast du die Kugel?

Ja.

Okay. Komme.

Leise steigt Felix aus dem Bett. Er lächelt, als der die schlafende Ella sieht, und deckt sie behutsam zu.

Trotz rabenschwarzer Dunkelheit findet Felix das Haus in der Dorfstraße 25. Es scheint wirklich unbewohnt zu sein. Er läuft um das Haus herum zur Rückseite und ruft leise: »Melanie?«

In einem der oberen Fenster flackert ein Lichtschein. Melanie winkt ihm zu und lässt Felix ins Haus.

Mit einem Kerzenleuchter in der Hand steigt sie ihm voraus die Treppe hoch und führt ihn in ein Schlafzimmer mit einem altmodischen Messingbett.

»Warum müssen wir leise sein?«, flüstert Felix. »Sind deine Eltern da?«

Melanie antwortet nicht. Felix sieht sich um.

»Ist das dein Zimmer? Also, war das dein Zimmer vor dem Umzug?«

»Ich muss dir was sagen.« Melanie setzt sich aufs Bett. Sie zieht die Kugel aus ihrer Tasche und hält sie Felix hin. »Hier.«

»Warum hast du sie mitgenommen?«, fragt Felix.

»Manchmal ... wenn ich gestresst bin, weil etwas nicht klappt oder ... jemand gemein zu mir ist, dann ... dann kann ich einfach nicht anders.« Melanie schaut Felix an. »Ich muss etwas einstecken.«

»Wie? Du musst stehlen?«

»Ja. Ich kann es nicht lassen.«

»Wie 'ne Krankheit?«

»Ja. Ich hab's gegoogelt, es heißt Kleptomanie. Da stand, man stiehlt nicht, um sich zu bereichern, sondern weil man Probleme hat. Mit seinen Eltern zum Beispiel oder mit ... Freunden.«

»Oder aus Rache?«, fragt Felix. »Wie die blutige Merte?«

»Nein. Aber meine Eltern sind so ähnlich.«

Felix weiß nicht recht, wie er reagieren soll. Etwas unsicher setzt er sich zu Melanie aufs Bett. »Du hättest schon was sagen können.«

Betreten blickt Melanie weg.

»Hast du auch das Notizbuch von Otto Leonhard in der Tasche?«, will Felix wissen.

»Äh, nein … Das ist da nicht.«

Melanie zieht ein blaues Smartphone heraus und gibt es Felix. »Sorry.«

Felix muss lachen. »Marios Handy?«

Melanie strahlt. »Das ist schön, dass du lachst. Du musst jemand Besonderes sein. Ich hab noch mit keinem über diese Kleptosache geredet.«

Melanies Armband leuchtet heller denn je.

»Ich bin so erleichtert«, sagt Felix. Er greift an Melanie vorbei und nach der Flasche, die auf ihrem Nachttisch steht. Es ist die Flasche, die Hulda ihr gegeben hat. »Wirklich.«

Er macht die Flasche auf. Melanie zuckt zusammen. »Es ist so bescheuert, weil ich die ganze Zeit wusste, dass du nichts Böses vorhast, mir das aber keiner glauben wollte, und jetzt bin ich einfach nur froh.«

Felix nimmt einen großen Schluck aus der Flasche.

»Nicht!«, ruft Melanie und fällt ihm in den Arm.

»Warum? Ist das vergiftet?« Felix lacht.

»Nein, nein!«, sagt Melanie schnell. »Alles okay.« Sie zögert einen Moment, dann setzt sie die Flasche an und trinkt nun selbst. »Siehst du?«

»Es ist wirklich cool, dass du mir die Wahrheit gesagt hast.« Felix blickt auf ihr Handgelenk. »Das Armband leuchtet ganz schön hell.«

»Immer, wenn du bei mir bist.« Melanie schaut Felix prüfend an. »Versprichst du, dass wir Freunde bleiben, wenn ich es dir zurückgegeben habe?«

»Na klar, warum denn nicht?«, beteuert Felix.

»Ich hab sonst niemanden«, haucht Melanie.

Ihre Köpfe nähern sich, gleich werden sie sich küssen … Nein! Bevor es dazu kommt, fallen ihnen die Augen zu, und sie kippen rücklings aufs Bett. Huldas Schlaftrunk hat seine Wirkung getan.

Bei Sonnenaufgang herrscht Leben vor dem leer stehenden Haus. Michi und Lukas verladen Stroh und Säcke mit Kräutern und Heu auf einen Anhänger.

»Heut ist ein großer Tag, ein großer Tag!«, singt Hulda Stechbarth laut und schrill. »Aber es ist noch viel zu tun.«

Sie greift sich ins Haar und hält eine graue Strähne in der Hand. Der Verfall ihres Körpers schreitet voran.

Sie schwenkt den Stockschirm. »Schneller! Schneller!«

Oben im Schlafzimmer liegen Melanie und Felix immer noch schlafend auf dem Bett.

Von Huldas Geschrei geweckt, schreckt Melanie hoch.

»Mist!« Sie rüttelt Felix wach. »Sie sind schon auf. Das ist … äh … meine Mutter. Besser, du gehst.«

Felix gähnt verschlafen. »Waas? Is' schon Morgen?«

»Ja! Schnell!« Melanie läuft zum rückwärtigen Fenster. »Hier raus.«

Felix ist immer noch benommen, er geht in die entgegengesetzte Richtung in das angrenzende Zimmer.

»Ist sie denn so streng? Ich mein, was soll schon passieren?«

»Ja, ist sie«, sagt Melanie. »Michi und Lukas sind auch bei ihr, meine … äh … Geschwister.«

Felix öffnet das Fenster.

Hastig läuft Melanie zu ihm. Sie will ihn unbedingt davon abhalten, aus dem Fenster zu blicken.

Zu spät.

Felix schaut nach unten und sieht Hulda, die in ihrem Rollstuhl hockt und wie eine Furie schreit: »Hopp! Hopp!«

»Hulda Stechbarth?« Felix ist fassungslos. »Die ist deine Mutter?«

»Nein, sie ist … sie ist meine Lehrerin. Sie erpresst mich.«

Endlich sagt Melanie die Wahrheit.

»Was? Warum?«

»Ich wollte dir ja schon zweimal sagen, dass sie eure Schule übernehmen will, aber einmal hast du mich wegen deiner Freunde weggeschickt, und dann …«

»Jetzt bin ich schuld, oder was?« So langsam ist Felix wirklich wütend. »Meine Freunde hatten echt recht damit, dass ich spinne, wenn ich mich in dich verliebt hab.«

Kaum ist ihm dieses Geständnis entschlüpft, würde Felix es am liebsten wieder zurücknehmen.

»Hast du?« Melanies Gesicht wird ganz weich.

Felix wendet sich ab. Die Blöße will er sich nicht geben.

»Felix?«

»Nein! Natürlich nicht.«

Melanie ist die Enttäuschung anzusehen, doch sie versucht, ihr Gesicht zu wahren.

»Na, dann ist ja gut, dann muss ich ja auch nicht meine Zukunft aufs Spiel setzen.«

»Nee. Ganz bestimmt nicht.«

Felix will die Treppe runter, doch Melanie ruft: »Nicht da lang!«, also steuert er eins der Fenster an und öffnet einen Fensterflügel. Melanie schaut an Felix vorbei, als der sich aus dem Fenster beugt und in die Tiefe starrt. Schließlich klettert er aufs Sims – Melanies Zimmer liegt immerhin im zweiten Stock – ein wenig mühsam balanciert Felix von dort aus auf das Sims des darunterliegenden Fensters.

Die letzten Meter überwindet er in einem beherzten Sprung.

Melanie sieht ihm besorgt nach, doch als Felix nach oben schaut, zieht sie schnell den Kopf weg und schließt das Fenster.

Zurück in der Jugendherberge reißt Felix die Tür zu seinem Schlafraum auf.

»Leute, ich muss mich bei euch entschuldigen!«, ruft er, doch die Nachttischschublade, in der Robert, Chris und Mario geschlafen haben, ist leer.

»Wo seid ihr?«

Felix hebt seine Bettdecke hoch. Auch Ella ist verschwunden. Haben sie sich irgendwo versteckt, um ihn wieder aus

dem Hinterhalt zu überfallen? Er hat ja kapiert, dass er Mist gebaut hat. Großen Mist.

»Ihr hattet recht mit Melanie!«, gibt er zu, während er sich weiterhin suchend umsieht.

Moment mal, was ist das da auf dem Flickenteppich? Schmutzige Spuren. Räderspuren. Rollstuhlräder!

»Hulda Stechbarth!«

Jetzt braucht Felix Hilfe.

Entschlossen marschiert er ins Zimmer, in dem Frau Schmitt-Gössenwein und sein Vater immer noch selig schlummern.

Die haben echt alles verpennt.

»Papa! Schmitti! Ihr müsst sofort aufwachen.«

Schmitti, den abgewetzten Teddy im Arm, schreckt hoch. »Felix?«

»Hulda Stechbarth hat euch betäubt!«

Felix zieht seinem Vater die Decke weg, er hat noch immer die Kopfhörer von seinem Discman auf den Ohren.

»Hey, was'n los?«

»Sie müssen sofort zum Otto fahren und mit Herrn Michalski die Schule verteidigen«, sagt Felix zu Schmitti und geht auch schon wieder zur Tür.

»Was machst *du* denn?« Schmitti mag sich nicht einfach so herumkommandieren lassen.

»Ich muss meine Freunde retten.«

Das gefällt der Direktorin überhaupt nicht. »Ich kann meine Schüler hier nicht allein lassen, da haben die Angst. Wer soll sich um sie kümmern?«

Peter gähnt laut.

Felix und Schmitti schauen ihn an, zwei Blicke, ein Gedanke: Könnte Felix' Vater sich nicht ein Mal nützlich machen?

Dieser Blick gefällt Peter gar nicht. »Warum guckt ihr mich denn so an?«, ruft Peter entsetzt.

Im Schlafzimmer des gemieteten Hauses ist Melanie dabei, ihre Sachen zu packen, da wird plötzlich die Tür aufgerissen und Michi und Lukas kommen herein. Sie sind richtig gut gelaunt.

»Hey, Mel, das musst du dir ansehen!«, ruft Lukas begeistert und stellt einen Karton aufs Bett.

»Was denn?«, fragt Melanie gelangweilt und ohne wirklich hinzusehen.

»Schrumpfkinder«, sagt Michi. »Haben wir gestern Nacht

aus der Jugendherberge geholt. Als Geiseln!«, fügt sie triumphierend hinzu und klappt den Karton auf.

Nun ist Melanie doch interessiert. Sie schaut hinein und sieht Ella, Chris, Robert und Mario auf ein Zehntel ihrer normalen Größe geschrumpft.

»Melanie!«, ruft Mario wütend. »Die steckt mit denen unter einer Decke.«

»War ja klar«, sagt Ella.

Robert ballt die Hände zu Fäusten. »So 'ne doofe Zicke!«

Und Chris macht Karatebewegungen, die allerdings eher putzig als bedrohlich wirken.

»Was habt ihr da gerade gesagt?«, zischt Melanie.

»Das weißt du ganz genau!«, ruft Mario nach oben.

»Das sind die, die mich immer gemobbt haben«, sagt Melanie zu Michi.

Die grinst höhnisch. »Na, das werden sie noch bereuen.«

»Wir könnten ja Kinderkegeln spielen«, schlägt Lukas vor und lässt einen Tennisball von einer Hand in die andere gleiten.

»Oder vielleicht Kindertennis«, sagt Michi.

»Mit 'nem Schläger?«, fragt Melanie. »Das zermatscht sie doch.«

»Genau«, sagt Michi. Dann fällt ihr etwas Besseres ein. »Oder gibt's hier 'ne Waschmaschine? Das wäre bestimmt richtig ulkig.«

Das geht Melanie dann doch zu weit. »Nein! Wir wollen sie doch nicht umbringen, das wäre Mord!«

»Ich hab 'ne bessere Idee«, sagt Lukas. In der einen Hand hält er einen bunten Kampfkreisel, in der anderen den Beschleunigungslauncher.

Lukas und Michi machen sich auf die Suche nach etwas, das sie als Arena benutzen können.

Unbemerkt fotografiert Melanie schnell die vier Freunde und schickt Felix das Foto.

Auch in der Jugendherberge herrscht Aufbruchstimmung.

Mittendrin klingelt Felix' Handy.

»Du gehst ans Telefon, und ich besorge einen Bus!«, sagt sein Vater.

»Und ich frag im Zauberwitzer nach einem Auto!«, ruft Schmitti.

Als Melanies Bild auf dem Display erscheint, will Felix den Anruf wegdrücken, doch dann sieht er das Foto von Ella und den anderen.

»Shit!«

Er stürzt aus dem Raum.

Peter hängt auch am Telefon, aber keiner wird je erfahren, mit wem er eigentlich sprechen will, denn er nimmt einen großen Schluck aus der Saftflasche, die noch auf dem Tisch steht, und kippt ohnmächtig hintenüber.

Michi und Lukas haben einen alten Koffer gefunden. Aufgeklappt hat er gerade die richtige Größe für die Schrumpfkinder und zwei Kreisel – es ist die perfekte Kampfarena.

Lukas kippt den Karton aus, Ella, Robert, Chris und Mario purzeln in den Koffer. Und dann schießt Lukas die Kreisel ab. Für die vier sind sie so groß wie Esstische. Nur

dass Esstische keine spitzen Zacken haben und sich normalerweise auch nicht rasend schnell drehen. Bedrohlich surrend, nähern sie sich den Freunden, die sich eng an den Rand des Koffers pressen.

»Ich finde, das reicht langsam«, sagt Melanie.

Doch Michi denkt nicht im Traum dran, aufzuhören. Sie zückt den Starter. Auf in eine neue Runde!

»Habt ihr keine anderen Hobbys?«, ruft Robert verzweifelt.

»Wieso, jetzt wird's doch gerade erst richtig witzig.« Michi lächelt böse und schießt den nächsten Kreisel ab.

»Nein!«, schreien die vier und rennen um ihr Leben.

Doch in welche Ecke sie sich auch flüchten, den Monsterkreiseln können sie nicht entkommen. Sie prallen vom Rand ab, um dann blitzschnell die Richtung zu wechseln.

Völlig außer Puste kommt Felix vor dem Haus an, das er für Melanies altes Elternhaus hält. Vergeblich sucht er nach einer Möglichkeit, hineinzugelangen: Fenster und Türen sind verrammelt. Schließlich entdeckt er unten links in der Hintertür eine kleine Klappe. Wahrscheinlich für eine Katze. Muss allerdings eine recht große Katze sein. Die Klappe lässt sich leicht öffnen. Aber natürlich passt Felix da nicht durch, oder etwa doch?

»Das könnte gehen«, murmelt er. »Einmal klein und dann wieder groß. Ja!«

Felix nimmt ein Brett und legt es wie eine Rampe über die zwei Stufen. Nun braucht er nur noch eine Schale, um Otto Leonhards Kugel darin kreiseln zu lassen.

Felix schaut sich suchend um. Da, eine alte Vogeltränke, die müsste reichen.

Felix legt die Kugel hinein, schaltet sein Handy in den Selfie-Modus und starrt sich an.

Die Kugel beginnt zu kreiseln, allerdings nur langsam. Felix konzentriert sich, und schließlich schießt eine Flamme aus der Vogeltränke, ein Funkenregen steigt empor. Die Vogeltränke fällt zu Boden, zerspringt in tausend Stücke – und Felix? Hat sich selbst geschrumpft!

Er betastet seine Arme. »Okay, nichts passiert.« Er ist sehr stolz auf sich, doch dann sieht er die Kugel. Dummerweise ist sie nicht mitgeschrumpft.

»Eins nach dem anderen«, versucht Felix, sich Mut zuzusprechen. Kommt Zeit, kommt Rat.

Felix tritt durch die Klappe wie durch ein Tor und bleibt staunend in dem riesigen Raum dahinter stehen. Dann hört er etwas. Ein unschönes Schnarchen. Und erkennt, dass die

Klappe nicht etwa für ein nettes Miezekätzchen gedacht ist, sondern für einen Hund!

Eine Bulldogge! Zwar eine nicht sehr große, aber auch die könnte Felix mit einem Happs zum Nachtisch verdrücken.

»Schnarch schön weiter, du hässlicher Kampfklops«, flüstert Felix und schleicht lautlos an dem Vieh vorbei.

In einem Regal liegen allerlei Werkzeuge, alte Tischtennisbälle, Angelhaken und Schnüre herum.

Letztere kann Felix gut gebrauchen, um sich zur Not irgendwo hochziehen oder abseilen zu können.

Er zerrt die Schnur aus dem Regal und übersieht dummerweise einen Schraubenzieher, der geräuschvoll zu Boden poltert.

Der Kampfklops erwacht!

Und kommt bedrohlich knurrend auf Felix zu. Der hält ihm den Schraubenzieher entgegen, was die Bulldogge nicht im Geringsten interessiert.

Schnell schlägt Felix einen Tischtennisball mit dem Schraubenzieher in die Luft und kickt ihn in Richtung Hund, der jagt dem Ball hinterher. Gut gemacht! Bravo!

Felix muss die Treppe hoch. Wie ein riesiges Gebirge tut sie sich vor ihm auf. Er schleudert den Angelhaken auf die erste Stufe, der verhakt sich im Holz, und Felix zieht sich an der Schnur nach oben. Wie gut, dass ihm Ella Klettern beigebracht hat.

Während Felix sich so Stufe um Stufe nach oben kämpft, knattert Frau Schmitt-Gössenwein in einem dreirädrigen Piaggio mit der Aufschrift *Der Zauberwitzer* am Haus vorbei, ohne zu wissen, was sich darin gerade abspielt: Hulda Stechbarth rollt nun ins Treppenhaus.

»Kinder, es ist so weit. Hopp! Hopp!«

Michi und Lukas trampeln die Treppe runter. Felix kann

sich gerade noch in eine Ecke quetschen. Glücklicherweise haben sie ihn nicht bemerkt.

Unbeirrt kämpft er sich weiter nach oben, bis er schließlich im Schlafzimmer ankommt. Er wirft seinen Enterhaken über den Rand des Koffers und …

»Felix!«, ruft Ella überglücklich, als sein Gesicht über dem Kofferrand auftaucht.

Mario seufzt erleichtert. »Gott sei Dank!«

»Wir sind wieder groß!«, ruft Chris.

Robert blickt sich um. »Aber immer noch in der Kreiselarena.«

Die vier starren Felix an. Eins ist mal klar: Chris hat da was verwechselt – Felix ist genauso geschrumpft wie sie.

»Ich kann euch alles erklären«, sagt Felix. »Aber erst einmal müssen wir hier raus.«

Sie schaffen es gerade noch rechtzeitig, mit Felix' Hilfe aus dem Koffer zu klettern, da kommen Michi und Lukas auch schon ins Zimmer.

Schnell verstecken sich die Freunde hinter den Beinen eines Stuhls.

Fassungslos starren Michi und Lukas in den Koffer. Dort sind nur noch die Kampfkreisel, keine Schrumpfkinder, nichts.

»Scheibenkleister!«, ruft Lukas. Er weiß: Wenn man es im Leben zu etwas bringen will, darf man keine Schimpfwörter benutzen.

»Wie sind die da rausgekommen?«, fragt Michi fassungslos.

»Ich glaube, Frau Stechbarth wird nicht zufrieden mit uns sein«, sagt Lukas zerknirscht.

Michi sieht ihn ratlos an. »Wir können doch nicht ohne ihre Geiseln losfahren!«

»Sie muss es ja nicht erfahren.«

Anscheinend hat selbst eine Null wie Lukas manchmal eine Eingebung. Er nimmt den Karton und wirft die Kreisel hinein. Das klappert immerhin auch ganz schön, und wenn Lukas dann noch unmerklich kleine Stöhngeräusche von

sich gibt, könnte man doch denken, da wären geschrumpfte Kinder drin.

»Wieso bin *ich* nicht darauf gekommen?«, bemerkt Michi ehrlich erstaunt.

Michi und Lukas sind also abgelenkt, das ist die Gelegenheit für Felix und die anderen, dieses ungastliche Haus zu verlassen.

Sie helfen sich gegenseitig die steilen Stufen hinunter.

Unten in der Halle ist der Kampfklops glücklicherweise noch immer mit dem Tischtennisball beschäftigt, sodass er nicht bemerkt, wie fünf schmackhafte Leckerbissen an ihm vorbei aus der Hundeklappe ins Freie stürmen.

Vor der Kugel bleiben sie stehen. Sie liegt inmitten der Trümmer der Vogeltränke. Felix schaut hoch in den Himmel. »Herr Leonhard, machen Sie uns jetzt wieder groß?«

Er konzentriert sich, kneift die Augen zusammen. Die Kugel ruckelt ein wenig hin und her.

Seine Freunde schauen sich an. Da stimmt doch was nicht.

Ella spricht es aus: »Felix, was ist hier los?«

»Wieso, was meinst du?« Felix tut ganz unschuldig, dabei ist ihm das schlechte Gewissen anzusehen.

»Du siehst aus, als ob du auf'm Pott sitzt«, sagt Chris.

Robert nickt. »Bei 'nem richtig großen Ei.«

»Hier ist kein Otto Leonhard weit und breit, oder?«, fragt Mario.

Ella macht einen Schritt auf Felix zu. »Sag uns die Wahrheit!«

»Es tut mir leid ...«

»Was genau?«

»Ich hab euch geschrumpft«, gesteht Felix endlich.

»Was?!«, rufen Ella, Chris, Robert und Mario wie aus einem Mund.

»Ja, ich wollte euch nur kurz schrumpfen, und dann ... dann hab ich mich selbst geschrumpft, um euch zu retten. Und jetzt ist die Kugel einfach zu groß für mich.«

»Du kannst schrumpfen?«, fragt Chris erstaunt.

»Bist du eigentlich komplett durch?«, schimpft Robert.

»Otto Leonhard hat es mir beigebracht, um seine Sammlung zu beschützen.«

»Und wann wolltest du uns das sagen?«, faucht Ella wütend. Keine Antwort.

»Felix?«

Felix schweigt.

Mario weiß auch so Bescheid. »Und das nur wegen dieser Tussi?«

»Tut mir leid«, sagt Felix noch einmal.

»Was?«, fragt Mario.

»Ich hab mich halt ... verliebt.« Das entscheidende Wort ist nur ein Flüstern.

»Bitte?«, hakt Ella nach.

»Ich hab mich verliebt«, wiederholt Felix. »Mann, ich war ein Idiot, ich weiß.«

Chris, Robert und Mario schauen sich betreten an. Okay, so was kann schon mal passieren. Das sieht Ella jedoch ganz anders.

»Und wegen der hast du unser Leben aufs Spiel gesetzt?«, spuckt sie Felix entgegen.

Auch darauf hat Felix keine Antwort. Ella wendet sich ab.

»Okay«, sagt Robert. »Was machen wir jetzt?«

In diesem Moment wird ein Motor angelassen. Es ist der Pick-up mit dem Anhänger, auf dem die Kräutersäcke liegen.

»Wir müssen mit denen mit!«, ruft Felix. »Die fahren in die Schule, um Otto Leonhard umzubringen.« Zumindest fürchtet er, dass Hulda sich diesmal nicht mehr damit begnügen wird, die Schule zu übernehmen.

»Alter, auf den Wagen kommen wir nie rauf«, widerspricht Mario, doch Felix hat eine Idee.

Sie müssen da nicht rauf!

Ihm ist das Skateboard eingefallen, das er in der Halle gesehen hat.

Und tatsächlich gelingt es ihnen, das Skateboard an den mit Stroh und Kräutersäcken beladenen Anhänger zu binden. Sie selbst halten sich an den dicken Tauen fest, die in Wirklichkeit ja nur dünne Schnüre sind.

Und nun beginnt eine rasante Fahrt. Obwohl der Pick-up eher gemächlich durch die Landschaft rollt, haben unsere Freunde das Gefühl, auf einer Rakete durch die Luft zu sausen. Bei jeder Bodenwelle werden sie hochgeschleudert.

Eine Achterbahnfahrt ist dagegen ein harmloser Spaziergang.

In der Jugendherberge ist Felix' Vater aufgewacht. Es dauert eine Weile, bis ihm einfällt, was er eigentlich tun wollte.

»Einen Bus. Ich wollte einen Bus besorgen!« Doch dazu

kommt es wieder nicht. Peter greift zur Kaffeetasse, nimmt einen Schluck und kippt um.

Während sein Vater also weiterhin ahnungslos ist und selig schläft, können sich Felix und seine Freunde kaum noch auf dem Skateboard halten.

Als der Pick-up plötzlich abbremst, werden sie alle fünf in die Luft katapultiert und auf den Anhänger geschleudert. Die Säcke mit den Kräutern fangen den Aufprall glücklicherweise weich ab.

Michi hat einen Schlag gespürt, doch als sie hinter sich auf die Straße schaut, ist nichts zu sehen außer einem herrenlosen Skateboard, das wie ein Käfer auf dem Rücken liegt. Die kleinen Räder drehen sich hilflos in der Luft.

Peter ist aufgewacht. In der einen Hand hält er das Handy, in der anderen die vermaledeite Kaffeetasse.

»Ja, das verstehe ich. Prima. Und könnte der Bus dann rein theoretisch auch schon sofort kommen? Super, vielen Dank.«

Er nimmt einen Schluck Kaffee, dann stutzt er. Riecht der nicht irgendwie komisch? Doch ehe Peter weiter darüber nachgrübeln kann, kippt er auch schon zur Seite.

Der Pick-up rumpelt an einem See vorbei.

»Schau, der See! Der See!«, nuschelt Robert in seinen Bart hinein, der in den letzten Minuten dichter geworden ist.

»Es gibt ihn wirklich«, sagt Chris erstaunt.

Wenigstens etwas, das nicht gelogen war. Aber das bringt ihnen nun auch nichts mehr.

Felix bahnt sich seinen Weg über die Kräutersäcke zu Ella.

»Darf ich?«

Ella zuckt nur mit den Schultern.

Felix lässt sich neben sie plumpsen.

»Ist nicht so einfach, über so was zu reden«, beginnt er.

»Ja … besonders, wenn der andere nichts merkt«, stimmt Ella ihm trocken zu.

»Doch«, sagt Felix. »Ich hab alles kapiert. Jetzt zumindest. Das ist halt alles neu für mich.«

»Ja?« Ella sieht ihn fragend an. Sie möchte, dass Felix weiterspricht!

»Als du letztens bei uns warst, da wusste ich noch nicht, wie … wie cool du bist.«

Ella beugt sich vor und grinst Felix spöttisch an. »Ist das nicht offensichtlich?«

Felix lächelt verlegen.

»Na ja, nennen wir es Anfängerpech«, sagt Ella mit einem leisen Lachen.

»Ohne Melanie hätte ich das nie kapiert«, erklärt Felix. »Sie ist anders. Schon eher ’ne Frau.«

»Na toll!«, sagt Ella schnippisch. Das hätte er sich aber jetzt echt sparen können!

Der Pick-up mit Hulda, Michi, Lukas und Melanie hält vor dem Otto-Leonhard-Gymnasium. Da steht bereits der himmelblaue Piaggio aus Klein-Zauberwitz, Schmitti hat das Otto gerade noch rechtzeitig erreicht. Zum Glück! Aber noch ahnt sie nicht, was Hulda Grauenvolles im Schilde führt.

Hulda Stechbarths Rollstuhl wird abgeladen. Lukas trägt den Karton mit den Geiseln … äh, Kreiseln.

Oben auf der Treppe erscheinen nun Frau Schmitt-Gössenwein und Herr Michalski.

Finster blicken sie den ungebetenen Ankömmlingen entgegen.

»Es ist Samstag, die Schule ist geschlossen«, sagt der Hausmeister mit fester Stimme.

Und die Direktorin fügt hinzu: »Melanie, schäm dich!«

Hulda beeindruckt das keineswegs. Mit ihrem Stockschirm zielt sie wie mit einem Gewehr auf die beiden. »Aus

dem Weg! Oder vier geschrumpfte Kinder werden nicht mehr erleben, wie ich sie endgültig vor die Tür meiner Schule setze.« Sie drischt mit dem Schirm gegen den Karton.

»Ich glaube Ihnen kein Wort. Sie bluffen«, gibt Schmitti zurück. »Felix hat seine Freunde ganz sicher befreit.«

»Der ist mit seinen Gedanken woanders«, sagt Hulda höhnisch.

Sie sieht nicht, dass Felix gerade dabei ist, sich an der Schnur, an der das Skateboard befestigt war, vom Anhänger abzuseilen.

Schmitti und Herr Michalski kommen die Treppe herunter.

»Ich mach mir doch ein wenig Sorgen um die Kinder«, sagt der Hausmeister.

Schmitti strahlt ihn an. »Ja, diese Warmherzigkeit, die mag ich so an Ihnen, das wollte ich Ihnen immer schon mal sagen.«

»Aber Sie sind viel klüger als ich. Sie müssen entscheiden, was wir tun.«

Doch die Direktorin kommt nicht mehr dazu, irgendetwas zu entscheiden, denn Huldas Schirm trifft sie heftig am Hinterkopf, Schmitti fällt nach vorn und reißt Herrn Michalski mit sich.

Zufrieden drückt Hulda Michi den Schirm in die Hand.

»Man sagt ja, Liebe macht blind. Aber das stimmt nicht. Man schaut nur in die falsche Richtung.«

Hulda und ihre Helfer machen sich auf den Weg in die Schule.

Chris, Robert und Mario lassen Stück für Stück die magische Kugel an der Schnur von der Ladefläche herab.

Ella thront darauf wie Münchhausen auf der Kanonenkugel. Als sie unten angelangt ist, hilft Felix ihr, abzusteigen.

»Felix«, sagt Ella, als sie festen Boden unter den Füßen hat. »Ruf Melanie an!«

Das will Felix auf keinen Fall. »Was? Die hat mich so was von verarscht!«

»Ohne sie kommen wir da niemals rein«, sagt Ella nachdrücklich.

Ein Blick auf die Steintreppe und das riesige Portal reicht Felix, um nun doch zum Handy zu greifen.

Derweil rollt Hulda den Schulflur entlang, hinter ihr trotten wenig motiviert Melanie, Michi und Lukas.

Hulda hält den Rollstuhl an und streckt ihre Arme aus. »Das Stroh und die Kräuter hierhin!«

Dummerweise kann sie einen Arm nicht zurückziehen, sie

muss ihn mit Gewalt und einem hässlichen Knacken in seine ursprüngliche Stellung zurückdrücken.

Lukas und Michi gehen die Säcke holen. Melanies Handy piept.

»Was soll das?«, faucht Hulda. »Du hilfst gefälligst den anderen beim Abladen.«

Melanie antwortet nicht, heimlich nimmt sie den Anruf an und verlässt die Schule.

Vor dem Eingang sucht sie den Boden nach den fünf Geschrumpften ab. Schließlich entdeckt sie Felix, der gerade hinter einem Blumenkübel hervorkommt.

»Oh, bist du süß«, sagt sie ganz begeistert zu Felix.

Als nun auch die anderen erscheinen, fügt sie schnell hinzu: »Sorry, das kam einfach so raus.«

»Melanie, ich …«, beginnt Felix.

»Ich weiß, was du sagen willst, ich hab's mal wieder verbockt. Deine Freunde hatten recht.«

»Ich hab dir aber auch nicht zugehört«, sagt Felix. »Hilfst du uns trotzdem?«

Melanie schaut sich nach Michi und Lukas um. Die dürfen Felix und die anderen auf keinen Fall entdecken.

Doch die beiden sind abgelenkt und damit beschäftigt, das Stroh wie eine Zündschnur im Flur der Schule zu verteilen.

Endlich ist der Moment gekommen, auf den Hulda so lange gewartet hat. Mit ihren knochigen Fingern versucht

sie, ein Streichholz zu entzünden. Es gelingt ihr nach einigen Versuchen und mit einem triumphierenden »Otto Leonhard, deine letzte Stunde hat geschlagen!« wirft sie das brennende Streichholz in das Stroh.

Rasend schnell saust der Funke bis ans Ende des Flures und entzündet dann in einem »Wusch!« den riesigen Haufen der nächtlich gesammelten Kräuter. Dichte Rauchwolken bilden sich, wabern den Flur entlang und auf Hulda, Michi und Lukas zu. Wind kommt auf. In einer der Rauchwolken erscheint nun als Silhouette der Kopf von Otto Leonhard. Er hustet ganz erbärmlich.

Doch Hulda Stechbarth kennt kein Mitleid. »Endlich wirst du sterben!«

»Alles ist endlich, liebe Hulda«, krächzt Otto Leonhard.

»Ich habe all deine Helferlein in unserer Heimat in die Falle gelockt, hihi, du bist ganz allein.« Huldas Gelenke knacken.

»Jetzt werde ich dir deine Kraft nehmen und meine wiedererlangen.«

Otto Leonhard hustet stärker. »Du hast deine Zeit verschwendet, liebe Hulda. Denn jetzt ist es Zeit, zu verschwinden. Für uns beide«, fügt er hinzu.

»Wir beide? Zusammen?« Hulda schielt vor Aufregung. War es nicht das, was sie sich seit 140 Jahren gewünscht hat?

»Nein!«, sagt sie entschieden. »Dafür ist es zu spät!« Hulda Stechbarth kennt keine Gefühle.

Unbemerkt schlüpft Melanie ins Otto-Leonhard-Museum, das ziemlich leer aussieht. Auf einem Tisch steht immerhin noch die Bronzeschale, in der bisher die Zauberkugel gelegen hatte.

Melanie bleibt vor dem Tisch stehen, öffnet den Reißverschluss ihrer Sweatshirtjacke, und Felix und seine Freunde purzeln heraus.

»Sanfter Transport«, sagt Robert anerkennend.

»Cooles Parfüm«, gibt Chris seinen Senf dazu.

»Kannst du die Kugel in die Schale legen?«, bittet Felix Melanie.

Dann ruft er: »Herr Leonhard! Sie müssen uns jetzt wieder groß machen! Sofort.«

Doch die Büste von Otto Leonhard rührt sich nicht.

»Mist!«

Felix weiß nicht, dass draußen im Flur die Silhouette des Schulgründers immer schlimmer keucht und hustet und krächzt.

Hulda kreischt vor Lachen. Sie wähnt sich am Ziel angekommen.

»Einhundertvierzig Jahre«, spricht nun Otto Leonhard. »Älter wird kein Mensch und auch kein Geist.«

Im Museum redet Felix weiter auf Otto Leonhards Büste ein. »Ich weiß, dass ich meine Freunde nicht hätte schrumpfen dürfen, es tut mir leid. Aber ich hab's ja nicht für mich gemacht. Und das mit der Kette auch nicht«, beteuert er, die Hände auf sein Herz gepresst.

»Probier es selber, Felix«, schlägt Ella vor.

»Die Kugel ist zu groß für mich«, erklärt Felix noch einmal.

»Gibst du etwa auf?«, fragt Mario.

»Deine Fantasie ist doch nicht geschrumpft«, sagt Melanie.

»Du musst es probieren, Alter!«, ermutigt ihn Mario, und Robert flüstert Chris zu: »Wir sagen auch nichts über seinen Gesichtsausdruck.«

Chris grunzt vor Lachen.

»Los!«, gibt Ella das Kommando.

Felix starrt die Kugel an, die langsam beginnt, in der Schale herumzurollen …

Auf dem Flur stößt Otto Leonhards Silhouette einen letzten Röchler aus und verschwindet.

Hulda Stechbarth steht aus dem Rollstuhl auf und reckt

knirschend ihre Glieder. Dann dreht sie ihren Kopf. Aber nicht etwa hin und her, sondern einmal rundherum.

Lukas und Michi sehen diesem Schauspiel voll Entsetzen zu.

»Das ist creepy«, kommentiert Michi.

Im Otto-Leonhard-Museum feuern seine Freunde Felix an.

»Du schaffst es!«, ruft Ella. »Weiter so.«

Und wirklich, die Kugel saust herum, die Flamme steigt empor, Blitze und Funken schießen aus der Schale und …

Felix und seine Freunde plumpsen vom Tisch. Sie sind wieder groß.

Robert rückt sein Baseballcap zurecht und Mario streicht sich übers Kinn. Ist das jetzt ein Bart? Ja oder nein?

Felix hört Schritte vor der Tür.

»Leute, da kommt jemand. Geht mal kurz in Deckung.«

Ella, Chris, Robert und Mario verstecken sich hinter Schränken, Kommoden, Tischen. Gerade noch rechtzeitig, bevor die Tür krachend aufschlägt und Hulda Stechbarth in eine Nebelschwade gehüllt in den Raum stampft. Kämpferisch schwenkt sie den Schirm.

Als sie Felix sieht, lacht sie höhnisch. »Hier bist du. Wir haben deine Freunde als Geiseln genommen«, triumphiert sie.

Im Hintergrund klappert Lukas zur Bestätigung mit dem Pappkarton und wimmert leise.

»Wir werden Ihnen die Kugel niemals geben!«, sagt Felix.

»Wieso wir?«, fragt Hulda und dreht ihre spillerigen Däumchen.

Nun ist es an Felix, höhnisch zu lächeln. »Leute …«

Ella, Mario, Chris und Robert kriechen aus ihren Verstecken und bauen sich drohend vor Hulda auf.

Lukas schüttelt immer noch wie ein Verrückter den Karton mit den vermeintlichen Geiseln. Michi gibt ihm einen Schlag auf den Kopf. »Kannst aufhören.«

Als Letzte taucht nun auch Melanie hinter einer Kommode auf und stellt sich neben Ella.

Hulda Stechbarth versteht die Welt nicht mehr. »Du auch?«

Doch Hulda wäre nicht Hulda, wenn sie sich so leicht geschlagen geben würde. »Ihr werdet mir trotzdem nicht entkommen!«

Felix und seine Freunde weichen zurück. Was hat die Alte vor?

»Otto Leonhards Macht ist auf mich übergegangen!« Hulda Stechbarth hebt ihre Arme, und plötzlich beginnen die Möbel, quer durch den Raum zu schießen, die Freunde drängen sich in einer Ecke zusammen und sind gefangen. Wie von Geisterhand schließen sich die Vorhänge, der Raum liegt im Dunkeln und die ganze Zeit ist Huldas grauenvolles Gelächter zu hören.

Felix zwängt sich zwischen den Möbeln hervor und geht auf Hulda zu.

»Nein! Nicht alle Macht«, widerspricht er ihr tapfer.

Das amüsiert Hulda. »Du irrst. Setzen, Sechs!«

»Tu ich nicht«, sagt Felix und starrt Hulda an.

Und dann hört sie ein Kreiseln. Das Kreiseln einer Kugel. Hulda weiß, was das bedeutet.

Sie fährt herum. »Leonhard?«

Suchend blickt sie sich im Raum um und begreift: Otto Leonhard kann ihr nicht mehr helfen. »Nein! NEIN!«, kreischt sie.

Mit einem »Wusch!« ist Hulda geschrumpft.

»Du alter, unsensibler Narr!«, quäkt ihre mitgeschrumpfte Stimme.

»Otto Leonhard hat damit nichts zu tun«, bemerkt Felix.

»Du? Glaubst du, ich würde so schnell aufgeben? Ich hab das schon einmal gemacht.«

Wieder macht es »Wusch!«, und Hulda ist noch kleiner geworden, nicht größer als ein Fingerhut. »Das macht mir gar nichts aus«, piepst sie.

Und ein drittes Mal – »Wusch!«. Nun ist sie nicht größer als ein Floh: kaum noch zu erkennen und auch kaum noch zu hören.

Michi kniet sich hin und sucht den Teppich nach ihrer Lehrerin ab. »Sie ist weg!«

»Sie ist weg!«, jubeln alle. Melanie gibt Felix vor Begeisterung einen Kuss auf die Wange.

»Hey, Leute, kann ich irgendwas für euch tun?«, bietet Lukas großzügig an. »Vielleicht haben wir ja gemeinsame Ziele.«

Dieser völlig hirnrissige Vorschlag löst große Heiterkeit aus.

Michi ist da realistischer. »Ich glaub, meine Chance auf 'ne Versetzung ist heute erheblich geschrumpft«, stellt sie trocken fest.

Vor dem Otto fährt nun ein Reisebus mit dem Rest der Klasse vor.

Felix' Vater steigt als Erster aus. Er gähnt noch immer. Doch dann sieht er Frau Schmitt-Gössenwein und Herrn Michalski auf dem Boden liegen und ist sofort hellwach. Er schleudert seine ungleichen Flipflops von sich und eilt den beiden barfuß zu Hilfe.

»Geht's Ihnen gut?«

Schmitti und der Hausmeister berappeln sich nur mühsam.

Felix macht sich inzwischen auf die Suche nach Otto Leonhard. Er findet dessen immer unschärfer werdenden Umriss in einer Rauchwolke auf dem Flur.

»Herr Leonhard?«, ruft Felix entsetzt.

»Felix«, sagt der Schulgeist mit kaum vernehmbarer Stimme. »Du bist jetzt der Hüter meiner Güter.«

»Sie dürfen nicht gehen!«

»All mein Wissen, all mein Können hast jetzt du. Und ich hab meine Ruh.«

»Nein, das hab ich nicht!« Felix ist verzweifelt. »Ich weiß gar nichts. Wo gehen Sie hin? Und wofür ist das Armband?«

Melanie, die mit den anderen im Hintergrund das Geschehen beobachtet, greift instinktiv nach ihrem Handgelenk. Sie möchte das Armband behalten!

»Das soll dir helfen«, flüstert Otto Leonhard.

»Aber wobei?«

Statt einer Antwort kommt nur ein schwaches »Lebe wohl«.

»Nein!«, ruft Felix.

Doch die Rauchwolke löst sich auf, sie verschwindet und mit ihr der Schulgeist.

Nun eilen auch die anderen herbei, und Peter fragt: »Haben wir was verpasst? Wo ist Hulda? Die mach ich fertig!«

Felix steht noch ganz unter dem Eindruck von Otto Leonhards letzten Worten und kann nicht antworten.

»Wo?«, fragt Peter noch einmal.

»Es ist alles okay, Papa«, sagt Felix schließlich.

Schmitti klatscht erleichtert in die Hände.

Alle sind froh und glücklich darüber, dass Hulda Stechbarth ihr böses Werk nicht vollenden konnte, nur Melanie sieht ziemlich traurig aus.

Ella knufft sie freundschaftlich in die Seite. »Danke. Wenn du möchtest, dann … dann gehörst du jetzt zu uns.«

Fragend sieht Melanie Mario, Chris und Robert an. Was sagen die wohl dazu? Sie nicken zustimmend.

Chris legt Melanie die Hand auf die Schulter, als wollte er sagen: »Alles vergeben und vergessen.«

Und Lukas und Michi? Die haben eine ehrenvolle Aufgabe gefunden. Sie putzen Otto Leonhards Museum, in dem nun wieder seine Erinnerungsstücke stehen. Ein neues ist dazugekommen. Eine kleine Vitrine, deren Glas Lukas hingebungsvoll poliert. Darin sieht man unter einer Lupe ein winziges Gerippe liegen. Auf einem Zettel steht: *Skelett von Hulda Stechbarth, Alter 140 Jahre.*

»Ich hab alles abgestaubt, was kann ich denn als Nächstes machen?«, fragt er eifrig.

»Einfach mal die Fresse halten, Schatzi«, sagt Michi, die auf Knien den Boden schrubbt.

»Schatzi?! Hab ich da richtig gehört?« Lukas ist empört. »Nenn mich nicht Schatzi!«

Michi hebt den Kopf und guckt ihn kokett an.

Er denkt kurz nach und grinst. »Schatzi.« Klingt eigentlich gar nicht so schlecht.

Unter dem Porträt des Schulgründers stehen Hausmeister Michalski und Frau Schmitt-Gössenwein und schauen den beiden lächelnd zu.

»Otto Leonhard hätte es sicher so gewollt, oder?«, sagt Schmitti.

Michalski nickt. »Er hat jedem eine zweite Chance gegeben.«

»Dann ist es jetzt wohl Zeit für … für eine schöne Tasse Tee«, schlägt Schmitti vor.

»Ja, für eine Tasse Sweet Love«, haucht Michalski. Schluss mit dem ewigen Salbeitee.

Ist nun der Moment gekommen, in dem die beiden endlich zueinanderfinden?

Nein! Sie schaffen es noch nicht einmal, sich einen Kuss auf die Wange zu geben. Dreht die eine den Kopf nach links, dreht ihn der andere nach rechts. Oje, das wird wohl nie was!

Und was ist jetzt mit Felix und Melanie? Nur gute Freunde oder ist da doch mehr?

Melanie ist bei Felix zu Hause, er zeigt ihr sein Zimmer.

»Cooles Kinderzimmer«, sagt Melanie mit leisem Spott.

»Vielleicht ein bisschen sehr *Kinder*-Zimmer«, gibt Felix zu.

Melanie lacht. »Ich find's schön.«

Sie setzen sich auf Felix' Bett. Auf dem Nachttisch steht die Schale mit der Zauberkugel.

Vor der Tür stehen Felix' Eltern und lugen durch den Türspalt.

»Jetzt! Jetzt macht er's!«, flüstert Peter seiner Frau zu.

»So lange war ich doch gar nicht weg«, sagt Sandra erstaunt. »Ich dachte immer, er und Ella …«

»Nein!«, behauptet Peter. Ist sich dann aber nicht mehr so sicher. »Oder?«

Wieder schielt er durch den Türspalt.

Melanie nimmt das Armband mit den blauen Steinen ab. »Herr Leonhard hat es dir geschenkt.«

Felix nimmt es. »Danke.«

Die beiden sehen sich verlegen an.

»Bei uns ist es ja schon auf der Klassenfahrt passiert«, flüstert Sandra ihrem Mann zu.

»Ja, aber wir hatten auch meinen Papa nicht dabei.«

»Stimmt«, sagt Sandra eine Spur zu laut.

»Mama? Papa?«, ruft Felix empört. Na, denen wird er beibringen, ihn zu belauschen.

Er nähert sich dem Türspalt, die Kugel rollt in der Schale und …

Papa und Mama stehen geschrumpft vor Felix' Tür. Die schlägt nun zu.

»Nein!«, ruft Sandra.

Auch Peter hat null Bock aufs Geschrumpftsein. »Och nö, nicht schon wieder.«

»Jetzt werden wir nie erfahren, was die da drin machen«, sagt Sandra.

»Stimmt!«, ruft Felix durch die geschlossene Tür.

Doch so viel verpassen die beiden nicht. Melanie legt Felix das Armband um. Es leuchtet nicht mehr. Das kann nur eins bedeuten: Felix ist nicht mehr verliebt. Jedenfalls nicht in Melanie.

»Danke, dass du mein Freund warst«, sagt sie.

Felix nickt. »Wir werden Freunde bleiben.«

Wieder ist es ein ganz normaler Morgen und wieder wird Felix von der Türglocke aus dem Schlaf gerissen. Er springt aus dem Bett, zieht seine Hose an – da steht Ella schon in der Tür.

»Hab ich verschlafen?«, fragt Felix außer Atem.

»Nein«, sagt Ella. »Heute ist Sonntag.«

Felix seufzt erleichtert und lässt sich neben Ella auf sein Bett fallen.

»Ich wollte nur mal wissen, wie es dir geht.«

Felix nimmt das Armband und dreht es etwas ratlos hin und her. »Ich denke nur nach. Otto Leonhard hat mir dieses Armband gegeben. Er meinte, es soll mir helfen.« Felix legt sich das Band um. »Aber wobei?«

Ella lächelt wissend. In diesem Moment beginnen die blauen Steine zu funkeln und zu leuchten.

Felix schaut Ella an, als habe er sie vorher noch nie gesehen. »Ich … ich muss dir was sagen«, beginnt er.

Ella schüttelt den Kopf. »Musst du nicht. Mel hat mir gesagt, wann das Armband leuchtet.«

Felix starrt sie ungläubig an, sie legt ihm die Hand aufs Knie, und endlich hat er kapiert, beugt sich vor und …

Pfiffe ertönen. Das sind ja wir! Das Publikum im Kino, das kaum erwarten kann, dass die beiden sich nun endlich küssen.

Zu früh gefreut.

»Kommt, Leute, ihr müsst jetzt gehen«, sagt Felix zu uns. So ein Spielverderber!

Und dann? Ja, ist es denn die Möglichkeit? Die Kugel kreiselt, die Flamme flackert, die Blitze schießen und wir – wir sind geschrumpft!

Riesengroß tauchen Ella und Felix auf der Leinwand über uns auf und finden das alles auch noch sehr, sehr komisch.

»Tschau, Leute!«, ruft Felix uns zu, und Ella knallt ein Kissen auf die Kamera und wir sehen nur noch schwarz.

War's das jetzt? Wird nun keiner mehr geschrumpft? Wäre doch wirklich schade, oder? Warten wir es ab ...

Sabine Ludwig, geboren in Berlin, schreibt seit 30 Jahren Geschichten für Kinder und gehört heute zu den erfolgreichsten deutschen Kinderbuchautorinnen. Für ihre Romane wurde sie vielfach ausgezeichnet, unter anderem als Lesekünstlerin. Ihr Buch »Hilfe, ich hab meine Lehrerin geschrumpft« wurde 2015 fürs Kino verfilmt. Weitere Bücher und Filme der Reihe folgten. Sabine Ludwig übersetzt zudem aus dem Englischen und verfasst Hörspiele und Theaterstücke. Ihre Übersetzungen waren bereits zweimal für den Deutschen Jugendliteraturpreis nominiert. Sabine Ludwig lebt in Berlin.

Gerrit Hermans wurde 1970 in Essen geboren. Er studierte Philosophie in Berlin, arbeitete als Lektor, Dramaturg und Synchronbuchautor, bevor er sein Debüt als Drehbuchautor gab. Heute zählt er zu den erfolgreichsten Drehbuchautoren Deutschlands. Mit seinen Kinofilmen erhielt er Nominierungen für den Deutschen Animationsdrehbuchpreis und den Goldenen Spatz. Seine Werke wurden mit dem Drehbuchpreis Kindertiger und dem Zuschauerpreis des Chicago Children's Film Festival ausgezeichnet. Gerrit Hermans lebt mit seiner Frau und zwei Söhnen in Berlin.

Hilfe, ich hab meine Freunde geschrumpft!
Deutschland 2020
Produktion: blue eyes Fiction
In Koproduktion mit: Karibufilm, Minifilm, Filmvergnuegen, Potemkino Port, ARRI Media, WS Filmproduktion
Verleih: DCM Film Distribution GmbH
Drehbuch: Gerrit Hermans
(Frei nach Motiven aus Romanen von Sabine Ludwig)
Regie: Granz Henman
Produzenten: Corinna Mehner, Hans Eddy Schreiber
Darsteller: Oskar Keymer, Lina Hüesker, Anja Kling, Axel Stein, Johannes Zeiler, Michael Ostrowski, Maria Hofstätter, Julia Hartmann, Georg Sulzer, Maximilian Ehrenreich, Eloi Christ, Lorna zu Solms, Cosima Henman, Tobias Schäfer und Andrea Sawatzki und als Gast Otto Waalkes
Fotos: Martin V. Menke, Petro Domenigg, Marco Nagel, Bernd Spauke

KINDER- UND BILDERBÜCHER VON SABINE LUDWIG

Aufruhr im Schlaraffenland
Ein Haufen Ärger (Mit Bildern von Sabine Wilharm)
Die fabelhafte Miss Braitwhistle*
Miss Braitwhistle kommt in Fahrt*
Miss Braitwhistle hebt ab*
Klassentreffen bei Miss Braitwhistle*
Klassenreise mit Miss Braitwhistle*
Fee und Ferkel (Mit Bildern v. S. Wilharm)
Die Geschichte vom kleinen Schwein, das nicht NEIN sagen konnte (Mit Bildern von Sabine Wilharm)
Hilfe, ich hab meine Eltern geschrumpft (Mit Filmbildern)
Hilfe, ich hab meine Freunde geschrumpft (Mit Filmbildern)
Hilfe, ich hab meine Lehrerin geschrumpft
Hilfe, mein Lehrer geht i.d. Luft!
Der Mädchentausch
Die Nacht, in der Mr Singh verschwand
O Besenstiel, o Besenstiel! – Weihnachtsbaumgeschichten von Sabine Ludwig* (Mit Bildern von Susanne Göhlich)
Pandora und der phänomenale Mr Philby*
Die schrecklichsten Mütter der Welt
Schwarze Häuser
Serafinas Geheimnis – 3 x schwarzer Kater
Serafinas Geheimnis – Hokuspokus Nachtigall
Der 7. Sonntag im August
Die Tür bleibt zu! (Mit Bildern von Isabel Kreitz)
Das verflixte Alfa-Bett – Schultütengeschichten von Sabine Ludwig* (Mit Bildern von Susanne Göhlich)
Weihnachtsmänner küsst man nicht (Mit Bildern von S. Wilharm)

**Auch als Hörbuch bei Oetinger audio*